ポストモダンの語りかた

一九六〇年代アメリカ文学を読む

麻生享志 著 Takashi Aso

AN ANALYSIS OF 1960s AMERICAN FICTION

JOHN BARTH　DONALD BARTHELME
ROBERT COOVER
JORGE LUIS BORGES　ITALO CALVINO
THOMAS PYNCHON
URSULA KROEBER LE GUIN

小鳥遊書房

目次 contents

第一章　語りの枠組
ジョン・バース『びっくりハウスの迷子』（一九六八）　39

第二章　語りを削ぎ落とす
ドナルド・バーセルミ「センテンス」（一九七〇）　59

第三章　集団的語りと語りの循環
ドナルド・バーセルミ『雪白姫』（一九六七）　77

第四章　半死の語り手
ロバート・クーヴァー「歩行者事故」（一九六九）　99

第五章　記憶と語り
ホルへ・ルイス・ボルへス「記憶の人フネス」（一九四二）　119

おわりに

レイモンド・フェダマンが語るポストモダンの語り　207

【付録】

ポストモダンの諸相

◉凡例

・註は文中に（1）（2）（3）……のように章ごとに示し、巻末にまとめてある。
・作品の引用については既訳を参考に、文脈に応じ表現を改めた。ただし、原文が英語ではないボルヘス、カルヴィーノ等については、とくに断りがない場合は、既訳を用いた。
・引用ページ数は（　）に示し、原書のみは英語版のページ数を、翻訳がある場合には、英語版、日本語版の順番でページ数を示した。

はじめに
ポストモダンとアメリカ文学

ポストモダンの起源

すでに充分使い古されていながらも、なぜか不思議と幻惑的に響く言葉「ポストモダン」。すでに一九世紀イギリスの画家ジョン・ワトキンス・チャップマン（John Watkins Chapman, 1832-1903）がポスト印象派の画風を「ポストモダン」と呼んでいた。そう指摘するのは、アメリカの批評家イーハブ・ハッサン（Ihab Hassan, 1925-2015）だ(6)。もっとも、大英博物館に収められたチャップマンの作品を見れば、むしろ古典的なポートレートや写実的な銅版画を得意とした画家だったことがわかる。いわゆるポストモダンのイメージとはほど遠い。

一方、書誌学的に言葉の変遷を辿るなら『オックスフォード英語辞典』、通称ＯＥＤ（*Oxford English Dictionary*）が詳しい。かつては大判のハードカバーで書棚を埋め尽くすほどのボリュームだったこの辞典も、今やネット上のデータベースになった。それを検索して「ポストモダン」の項を紐解くと、一九一六年『アメリカン・アート・マガジン』誌（*The American Magazine of Art*）にアメリカの美術評論家ガイ・ペーヌ・デュ・ボワ（Guy Pène du Bois, 1884-1958）が、同時代の画家ガス・メジャー（Gus Mager, 1878-1956）を「数少ない「ポスト」モダン画家のひとり」と評したのが最初ということになっている（277）。そのメジャーの作風だが、イラストやマンガを得意とする大衆画家で、ポストモダンがイメージするような前衛的なものではない。ただしポストモダンの特徴には、モダニズムが標榜した高級芸術《ハイアート》に対する大衆芸術《ローアート》の再評価という点もある。メジャーのイラストは、その意味に当てはまる。

一九二〇年代に入るとハイフン付きの「ポスト＝モダン」という言葉が目立つようになる。一九二一年『ハーパーズ・マガジン』誌（*Harper's Magazine*）に作家ウィルソン・フォレット（Wilson Follett, 1887-1963）が寄せた論考「文学と不機嫌」（"Literature and Bad Nerves"）では、「ポスト＝モダン芸術」の存在に目が向けられた（114）。また一九二五年に『ニューヨーク・タイムズ』紙（*New York Times*）が報じた、オーストラリア生まれの音楽家パーシー・グレインジャー（Percy Grainger, 1882-1961）のニューヨーク公演では、アメリカ先住民の音楽に刺激を受けた音楽民族学者ナタリー・カーティス（Nathalie Curtis, 1875-1921）を偲び、非西欧風の音楽要素を多分に取り入れた演奏が披露されたとある。多様性を取り入れたという意味で、まさに「ポスト＝モダン」なコンサートだったようだ（17）。

文学におけるポストモダニズム論争

このように二〇世紀初頭から徐々に市民権を得ていく「ポストモダン」だが、本格的に文学・芸術の世界で批評用語として定着してくるのは、一九六〇年代に入ってからのことだ。たとえば、シェイクスピア研究から出発し、アメリカ文学批評の金字塔のひとつ『アメリカ小説における愛と死』(*Love and Death in American Novel*, 1960)を著したニュージャージー生まれのユダヤ系文学者レスリー・フィードラー(Leslie Fiedler, 1917-2003)。一九六五年、かつてアメリカ共産党が創刊した文芸誌『パルティザン・レビュー』誌(*Partisan Review*)に寄せた論文「新しい変異」("The New Mutants")で「未来派文学」の到来を高らかに告げると、サイエンスフィクションをはじめとする新しい小説に目を向けた。なかでもフィードラーが注目したのは、当時『裸のランチ』(*The Naked Lunch*, 1959)を発表し、ドラッグによる精神世界の倒錯と、それに起因する新しい現実《リアリティ》を描く作家ウィリアム・バロウズ(William Burroughs, 1914-97)だった。そして、「人間存在の終焉」を描き、過去や伝統ではなく未来に目を向けた小説を、フィードラーは「ポストモダニスト文学」と呼んだ(508)。

もっとも、当時こうした議論がすんなり受け入れられたわけではない。イギリスのシェイクスピア学者にして断固たるモダニズム支持者だったフランク・カーモード(Frank Kermode, 1919-2010)は、フィードラーの主張に真っ向から対立した。一九六五年「モダニズム再び」("Modernism Again")という論考では、フィードラーが絶賛した現代風の文学を「ポストモダン」と呼ぶことは決してなかった。そして、ポストモダニストならぬ「ネオ・モダニスト」、もしくは「新しいモダニスト」の存在が、

「モダニズムが今どのような状態にあるのかを、今世紀を通じてモダニズムがどのように展開されたのかを、よりよく理解するきっかけになった」と皮肉交じりに述べた。カーモードら守旧派にとっては、いかなる革新も伝統の延長線上にあるにすぎなかったのだ（73, 74）。

今から振り返れば、カーモードのフィードラー批判はやや感情的であり、反論の根拠に乏しいように思える。しかし、当時はまだポストモダンという概念が定まっていなかった時代。現役作家の間でもその評価は割れていた。現在ではポストモダンの作家に数えられるリチャード・コステラネッツ（Richard Kostelanez, 1940-）も、この言葉に違和感を示したひとりだ。

一九八二年『ポエティクス・トゥデイ』誌（*Poetics Today*）に掲載された「現代文学のＡＢＣ」（"An ABC of Contemporary Reading"）で、コステラネッツはポストモダンを文学上の主要概念のひとつとして取り上げながらも、その意味の「曖昧さ」に戸惑いをあらわにした。前衛的なアヴァンギャルド芸術に敬意を表す一方で、「ポスト」という表現がそもそも「些細で」、まともな文化・芸術ならば、「なにか別の言葉と組み合わせるのではなく、固有の呼称があるはずだ」と断言した。「真のアヴァンギャルドならば、「ポスト」なんとかとは呼ばれたくはないはずだ」と（38）。

同じくポストモダンの作家のひとりチャールズ・ニューマン（Charles Newman, 1938-2006）は、この議論に丸一冊を費やした。ノースウェスタン大学出版から一九八五年に刊行された『ポスト＝モダンのオーラ――インフレ時代のフィクション』（*The Post-modern Aura: The Act of Fiction in an Age of Inflation*）がそれだ。より正確には、一九八四年に『サルマガンディ』誌（*Salmagundi*）という文芸季刊誌に掲載されたのが初出の論稿だが、「モダニズムというサーカスの花形の後ろ姿を、雪かきシャベルをもって追いかける虚栄心が強い現代作家のグループ」として、「ポスト＝モダニスト作家は正典には属さない」と言い切った（5, 17)。にもかかわらず、そこから続く「ポスト＝モダニズム」という概念の詳細な歴史的分析。後ろ髪引かれる思いがあったのだろうか。

批評家の迷走とバースのポストモダニズム宣言

一九八〇年代、作家も批評家も「ポストモダン」という謎の言葉に悩まされ、その扱いに困っていた。一九八〇年に出版されたリンダ・ハッチオン（Linda Hutcheon, 1947-）による『ナルシス的な物語』（*Narcissistic Narrative: The Metafictional Paradox*, 1980, 1984）もそのひとつ。博士論文を土台にこの本を書き上げたという当時新進気鋭のカナダ人批評家は、水面に映る自らの虚像に恋したナルキッソスの神話の主人公にあやかり、現代小説の特徴をナルシズム的枠組にあると述べると、これをメタフィクションと呼んだ。その一方で、のちにアメリカを代表するポストモダンの作家と見なされたジョン・バース（John Barth, 1930-2024）らを俎上に載せながら、ハッチオンはポストモダニズムに関する議論からは距離を置くとした。その理由は、「メタフィクションという広く現代小説に見られる現象は、ポストモダンというラベルでは説明し尽くすことができない」から（2-4）。

しかし、それからわずか四年後のペーパーバック版出版時に書き足した「序」では、苦し紛れの軌道修正を余儀なくされた。

今でもポストモダニズムというラベルに反対する姿勢に変わりはないが、その言葉は定着した。それに今ではメタフィクションがポストモダニズムの特徴のひとつであることに異議を唱えるのは、馬鹿げているように思える。（xii-xiii）

そして、やや煮え切らないながらこう言った。「私の目的は、私たちがポストモダニズムと呼ぼうとしている文学の「詩学」を示すこと、少なくともそれを示しはじめることである」（xi）。

説明がつかないがゆえの混乱からか、「ポストモダン」という言葉を批評家は濫用した。一方、作家は「ポストモダニズム」という新種の文学トレンドに乗るようになった。一九七九年、サンフランシスコで開かれたアメリカ現代語学文学協会（Modern Language Association of America）年次大会で、バースはポストモダンという「言葉」が文学の世界で普及しはじめている現状を説明し、「ポストモダニスト文学」の存在にお墨付きを与えた。

この言葉は、まだ私たちが使う辞書や百科事典には載っていない。しかし、第二次世界大戦以降、とくにアメリカでは一九六〇年代後半から七〇年代にかけて、「ポストモダニズム」は現代小説を説明する際に広く使われる批評用語になった。（194）

ジャンルの確立と歴史化

こうして「ポストモダン」は主流《メインストリーム》になっていった。それを決定づけたのが、ピッツバーグ出身の批評家ブライアン・マクヘイル（Brian McHale, 1952-）だった。一九八七年出版の『ポストモダニスト・フィクション』（*Postmodernist Fiction*）冒頭で、マクヘイルは作家や批評家の戸惑いを代弁するとともに、もはや文学にかかわる誰もがこの言葉を無視できない状況を明確にした。

「ポストモダニスト」だって？　この言葉のすべてが問題であり、それに関する説明の一切が不十分なものだ。この新語を作りだしたがゆえの名誉、あるいは不名誉は誰のものなのか、それすらがはっきりしない。［中略］しかし、それが誰であろうとも、その張本人には多くを答える義務がある。(3)

もちろん、ポストモダンという言葉の真の考案者が誰なのかは、ハッサンといえど、あるいは『オックスフォード英語辞典』の編纂者といえどわかりはしないだろう。それでもこの重大な「義務」は、ほどなく第三者によって果たされることになる。アメリカを代表する新マルクス主義派ポスト構造主義者フレドリック・ジェイムソン（Fredric Jameson, 1934-）だ。

一九九一年出版の大著『ポストモダニズム』（*Postmodernism or, the Cultural Logic of Late Capitalism*）において、ジェイムソンはそれまで美学的観点からメタフィクション等の文学形式に焦点をあて論じられることが多かったポストモダニズム文化を、第二次世界大戦以降の歴史的文脈のなかで捉えなおした。その結論はこうだ。いまやグローバル化の一翼でもあるアメリカ発のポストモダニズム文化は、「世界全体を覆いつくすアメリカの軍事・経済的覇権の新しいうねりが引き起こす」ものであり、「階級闘争の歴史がそうであったように、その文化の裏側にあるのは死や恐怖といったものである」(5)。

ジェイムソンが指摘するのは、ポストモダニズムと呼ばれる新種の文化が、第二次世界大戦後のアメリカ覇権主義によって生まれ、そして発展してきたということだ。ロマン主義やモダニズムが歴史的産物であったように、ポストモダニズムもまた歴史の一区分であるということ。つまりジェイムソンが意図したことは、ポストモダニズムの歴史化だった。

ポストモダニズム研究が示す曖昧さ

それにしても、なぜこれほど多くの作家や批評家がこの言葉の扱いに困窮したのだろうか。カーモードがポストモダニズムというモダニズムに代わる新しい文化・文学トレンドを否定し、モダニズムの連続性に固執した理由は何だったのか。それはポストモダニズムという新しい文化・文学の起源を遡及的に歴史のなかに求めようとしたからにほかならない。このアプローチでは、子が親の特徴をある程度引き継ぐのと同じで、その家族名《ラベル》はつねに不変であり普遍的な価値と連続性をもつ、ように思われる。

この傾向は、「ポストモダン」、もしくは「ポストモダニズム」という言葉を用いながらも、その詳しい理由づけを回避しようとした批評家に多かれ少なかれ見られるものだ。たとえば、モダニズムを代表するアイルランド作家ジェイムス・ジョイス（James Joyce, 1882-1941）からバースと並びアメリカ・ポストモダニズム文学の王道をいくトマス・ピンチョン（Thomas Pynchon, 1937-）を取り上げ、「自己内省的」というキーワードを用いて縦横無尽に二〇世紀作家を論じた批評家ブライアン・ストーンヒル（Brian Stonehill, 1953-97）。『自己内省的小説』（*The Self-Conscious Fiction: Artifice in Fiction from Joyce to Pynchon*, 1988）では、その優れた議論の一方で、ポストモダンという言葉にはつねにカギ括弧をつけ、その語を自ら定義することを避けた。

ピンチョン学者としても知られるキャサリン・ヒューム（Katheryn Hume, 1945-）も同様だ。幻想的モチーフと文学的模倣を論じた『ファンタジーとミメーシス』（*Fantasy and Mimesis: Responses to Reality in Western Literature*, 1984）において、ヒュームはギリシア古典からアーサー王文学、さらにはパルプ・フィクションから「ポストモダニストと呼ばれる作家たち」の小説を歴史横断的に幅広く扱った。しかし、ポストモダニストの何たるかには、多くの注意を払わなかった（45）。

ハッチオンも含めてこうした批評家の特徴は、ある特定の文学形式をあたかもそれが西欧文学の普遍的テーマであるかのように扱い、時間軸を無視して種々雑多な作家や作品を取り上げる点にある。メタフィクションとハッチオンが呼ぶ作品構造の二重性、すなわち入れ子構造は、ナルキッソスの神話はもちろん、ウィリアム・シェイクスピア（William Shakespeare, 1564-1616）の『ハムレット』（*The Tragedy of Hamlet, Prince of Denmark*, 1599-1601?）やハーマン・メルヴィル（Herman Melville, 1819-

91）の『白鯨』（*Moby-Dick; or, The Whale*, 1851）、さらにはピンチョンの『競売ナンバー49の叫び』（*The Crying of Lot 49*, 1966）にも見られる特徴だ。またストーンヒルが指摘するように、「自己内省的」な文学形式は、ジョイスやピンチョンといった二〇世紀作家の作品だけではなく、『ハムレット』にも見出せる（9）。ましてや現実を映す文学形式として、ファンタジーとミメーシスはいつの時代にも欠くことができないものだった。

つまり、このように形式美に重きを置く分析アプローチでは、批評家が意図的に取り上げる文学形式の普遍性がつねに確認され、歴史性や時代的特徴は無視される。差異化しようにも、細かな技法の違いによってジャンル分けをするのが精一杯ということになる。ポストモダニズムだろうとほかのどのような文化・文学トレンドだろうと、形式美に則って特徴づければ、同様のジレンマに必ずや陥ることだろう。

文学研究を更新《アップデート》する

一方で、ジェイムソンのように、文化をイデオロギーの産物と理解するアプローチを採るならば、ポストモダンという文化・文学表象はその根底にある「ポストモダニズム」という思考の枠組、すなわちマルクス主義でいうところのイデオロギーが具現化したものと見なされる。よって、そのイデオロギーを形成する政治・経済等の社会状況が変化すれば、おのずとその文化・文学トレンドも「イズム」にあわせて変化する。

これをマクロな視点で論じてみよう。産業革命以来第一次世界大戦時まで続いたイギリス中心の世界、いわゆるパクス・ブリタニカが終わり、大恐慌と第二次世界大戦という混乱と混沌の移行期を経てパクス・アメリカーナがはじまった戦後、文化・文学の様式《モード》もそれとともに更新した。そのとき「モダニズム」という戦前のイデオロギーは「ポストモダニズム」という新様式に移行し、それとともに「ポストモダン」という新しい文化・文学トレンドが登場した。これがジェイムソン的な歴史解釈だ。この考えにもとづけば、仮に文化・文学の表現形式が変わっていなくとも、その根底にある社会構造とそれを支えるイデオロギーが変化すれば、文化・文学の様式は更新したと見なされる。

事実、批評家が指摘してきたように、ポストモダニズムという文学様式は、モダニズムやさらにそれに先行するロマン主義という様式がすでに援用してきた形式の多くを共有する。入れ子構造しかり、絵画で複数のイメージを同じキャンバスのなかに組み合わせるコラージュもそうだ。しかし、表面上の形式は同じでも、そこで意図される思考の枠組が異なれば、同じ形式でも違う意味をもつ。形式は同じでも様式が異なるということだ。また実際には、表現形式は様式の更新にともない、少なからず変化する。マーク・トウェイン（Mark Twain, 1835-1910）が言うように、「歴史は繰り返さないが、韻を踏む」とはまさにこの状況を指す(1)。

イデオロギーの否定と歴史性なき歴史の時代

もっとも、『オックスフォード英語辞典』を参照すれば、ポストモダニズムを定義づける特徴として「イデオロギーの否定」が挙げられている。また、批評家の間でも、ポストモダニズムの特徴のひとつは「歴史（性）の否定」であるという議論がなされてきた。この点については、ジェイムソンが次のように述べている。

そもそも歴史的思考とはいかなるものなのかを忘れてしまった時代に、現在という瞬間を歴史的に思考しようとする試みが、ポストモダンという概念だと理解するのが、最も適当である（ix）。

「イデオロギーの否定」についても、おそらく同様のことが言えるだろう。多くの共産主義国家が市場経済を導入する現在、確かにイデオロギーが私たちの生活に及ぼす影響は小さく、その存在を日常生活で感じることは希だろう。とはいえ逆説的ではあるが、「イデオロギーは不在」であるというその思考こそが一種のイデオロギーであり、ポストモダニズムとは、イデオロギーを否定する時代を可能ならしめるイデオロギー装置だとはいえないだろうか。

実際のところ、脱構築の巨人ジャック・デリダ（Jacques Derrida, 1930-2004）が『マルクスの亡霊たち』（*Specters of Marx: The State of the Debt, the Work of Mourning, and the New International*, 1993）で示唆したように、イデオロギーは必ずしも消滅したわけではない。それは亡霊のようにいまだ現代世界をさまよい、私たちはその幻影に取り憑かれ苛まれている。デリダ言うところの、「憑在論《ひょうざいろん》」（"hauntology"）とはまさにこの状態を指す（10）。

また、ポストモダニズムという様式を特徴づける最大の点は、既存の形式の再利用とそれにもとづく新たな発見にある。なるほどポストモダンのキーワードなり主要批評家の固有名詞等を並べると、やたらに"de-"や"re-"ではじまる語が目立つ（単なる偶然?）。デリダ（Derrida）、ドゥルーズ（Delueze）、ド・マン（de Man）、脱構築《デコンストラクション》（deconstruction）、譫妄《せんもう》（délire/delirium）、欲望（desire）。再構築（reconstruction）、再利用（recycle）、繰り返し（repetition）、表象（representation）、再生産（reproduction）など。

"de-"ではじまる言葉が既存のシステムを解きほぐし、解体することを意味するのなら、"re-"ではじまる単語はそれを繰り返し再編することを意図する。ただし、繰り返しは必ずしも同じものの繰り返しではなく、その再生産の過程《プロセス》において、「同一」（"the same"）は「差異」（"difference"）を、より正確にはデリダ的な差延（"différance"）を産む。

差延とは、時間的な遅延であると同時に、空間的な差異を含む事象である。つまり、似てはいるものの異なるものが遅れて生じることにほかならない。ここから「痕跡」（"trace"）という概念が派生する。ロビンソン・クルーソーが無人島で見つける足跡は、以前に誰かがそこに存在したことを、時間の経過を経て暗示すると同時に、そのものの存在はすでにここには「ない」ことを示す。これが意味するのは「不在」という「存在」、もしくは「非＝在」であり、それが遅延とともに表される。

ポストモダニズム的既視感《デジャヴ》と郷愁の念《ノスタルジア》

ポストモダニズム的思考とは、このような差延にもとづく再生産の過程、すなわち同じ（ような）ものを繰り返すことによって生じる新たな差異とその発見を指す。そして、その背後にまるで亡霊として漂うかのように、起源《オリジナル》というすでに失われた存在が、非＝在であることを示すための痕跡を残す。これがポストモダニズム文学で頻繁に出てくる「失われた起源」という表象の正体だ。高級芸術であろうと大衆芸術であろうと、あるいは広告のような人々の欲望丸出しの媒体においてであろうと、ポストモダニズム文化に見られるある種の既視感と郷愁の念はここに生じる。

先にハッチオンらを例に示した形式美の問題は、このことを理解すれば解決する。同じ（ような）形式や主題は、ポストモダニズム文化のなかで、変奏曲のように繰り返し演じられる。だから、歴史横断的に同じ（ような）形式的特徴が至るところで見つかる。しかし、その細部《ディテール》にはつねに違いがあり、それが背後に潜む思考という枠組、すなわち様式の違いを示す。形式は同じでも様式は異なるのだ。

この考えにもとづけば、ポストモダニズム文化というのは、文化が到達しうる最終地点のように思える。つまり、これを越える思考様式は、ビッグバンのように無からなにかを作り出す根源的な爆発が起きないかぎりは、登場しえないことを示唆する。恐らく繰り返しその終焉をささやかれながらも、ポストモダニズムが巧みにその表象と形式を変えて生き延びてきたのは、それゆえだろう。もちろん、ポストモダニズムの時代がいまだに継続しているのか否かという、より根本的な議論はあり得る。この点については、また別の機会に論じたい。

＊　＊　＊

ここで本書の構成と目的について概観する。

本書では、一九六〇年代に彗星のごとく登場したポストモダニズム文学の代表的作家を主たる対象とする。その顔ぶれはバース、ピンチョン、ドナルド・バーセルミ（Donald Barthelme, 1931-89）、ロバート・クーヴァー（Robert Coover, 1932-）、アーシュラ・ル＝グィン（Ursula K. Le Guin, 1929-2018）らのアメリカ作家。これに南米マジック・リアリズムの創始者ホルヘ・ルイス・ボルヘス（Jorge Luis Borges, 1899-1986）と実験的かつユーモアに富んだ作品で知られるイタリア人作家イタロ・カルヴィーノ（Italo Calvino, 1923-85）を加え論じる。

これら七人の作家に共通するのは、その斬新なまでの革新性と実験性であり、ロマン派以降の文学を十二分に意識した語りの手法にある。同時に一九六〇年代といえば、哲学ではデリダ、歴史ではミッシェル・フーコー（Michel Foucault, 1926-84）、そして精神分析の世界ではジャック・ラカン（Jacques Lacan, 1901-81）といったフランス発のポスト構造主義の知識人が相次いで注目を浴びた時代だった。アメリカでは公民権運動を皮切りに、フリースピーチ運動、女性解放運動、ベトナム反戦運動と次々に若い世代を中心とする社会運動が起きた。そのキーワードは「解放」と「改革」。一九六〇年代を席巻した作家たちは、この空気を物語の語りに反映させた。本書では、これら七人の作家が示す語りへのこだわりと既存文学からの開放と改革、そして挑戦を詳細に分析する。

ポストモダニズム文学がこの革新性を売り物にしたのは、一九六〇年代から一九七〇年代中盤にかけてのことだが、一九八〇年代に入ると社会は一変した。元ハリウッド俳優の第四〇代アメリカ大統領ロナルド・レーガン（Ronald Reagon, 1911-2004）の誕生と、マリリン・モンロー（Marilyn Monroe, 1926-62）の再来といわれたポップアイドル、マドンナ（Madonna, 1958-）の登場は、華やかな時代の到来を告げた。そのキーワードは消費と爛熟《らんじゅく》。物質主義《マテリアリズム》にもとづく消費社会とその文化は極みに達する。

そんな時代に革新性と実験性を売り物にしたポストモダニズム文化・文学は流行るわけもなく、自らをリメイク（"remake"）し、生まれ変わるよりほかなかった。その結果登場したのが、世にミニマリズムを広めたレイモンド・カーヴァー（Raymond Carver, 1938-88）であり、戦争小説のあり方を根底から覆したティム・オブライエン（Tim O'Brien, 1946-）だった。さらに、すでに一九六〇年代から執筆を続けていた気鋭の批評家兼小説家スーザン・ソンタグ（Susan Sontag, 1933-2004）やインド出身の作家バラティ・ムカジー（Bharati Mukherjee, 1940-2017）らが繰り出す、女性・移民文学に注目が集まった。これは多文化化とグローバル化が同時に進むこの時代の必然だった。だから、すでに指摘したように、ポストモダニズムがバースらによって主流文化にのし上げられたのは一九八〇年代のことではあるが、時代の流れはもはや別のところにあったといえる。

ここに見られる現象と認識のタイムラグ。このある種の「差延」をどのように理解すべきなのか。

ポストモダニズムとは言うものの、一九六〇年代の革新性に満ちた文化・文学と、一九八〇年代以降の大量消費主義に支えられた文化・文学は識別されるべきではないのかという疑問が当然湧いてくる。実際、その違いは一九二〇年代のモダニズムと一九六〇年代のポストモダニズムの差異にも匹敵するように思われる。それにもかかわらず、一方は違う名称で呼ばれ、他方は同じ用語で一括りにされるのはなぜなのか。背後にある様式は同じなのか。

こうした一連の疑問を抱き執筆をはじめた本書だったが、一九六〇年代と一九八〇年代のポストモダニズムに関する論考を一冊でまとめるには、どうにも紙面が足りなくなった。この問題はいずれ続編にて論じたい。まずここでは一九六〇年代の革新性に満ちたポストモダニズムを初期ポストモダニズムと呼び、その時代に書かれた短編を中心に、文学作品の根幹ともいえる語りに視点を向けて分析する。

序章

語りの実験場

ポストモダンを語るには

その革新性と斬新さに目を奪われがちなポストモダニズム文学だが、作家たちの意識やスタイルは、ロマン主義やモダニズムの作品と大きく乖離しているわけではない。実際のところ、バースにしろピンチョンにしろポストモダンの作家の多くは、愚直なまでに先行する文学をよく読み、学び、そこからなにかをつかみ取ろうとしてきた。確かにポストモダニズム文学は革新的な要素を多々含む。しかし、その革新的とされるスタイルは、過去の文学手法を地道に検証した結果生まれたものであり、その意味でポストモダニズムの作品とはすでに得られた教訓を土台に新しい未来を指向する実験場といえる。

そこで、まずはポストモダニズムの諸作品を読む前に、ポストモダンの作家たちがなにを意識し、なにを目指しているのかを理解するために、ロマン派文学からモダニズム文学への流れを検証するところからはじめたい。なかでも注目したいのは、近代小説において確立した語りの形式だ。

当然のことではあるが、小説にとって語る行為とは、作品を構成する基本動作にあたる。それが一人称であろうと三人称であろうと、語り手がいない物語などあり得ない。物語を聞かせる以上、語り手は必要だ。その役目を作中人物が果たすこともあれば、神のようにすべてを見通す全能の存在が語り手を務めることもある。この語りに対する自己内省的な意識がとくに強いのが、本書で初期ポストモダニズムと呼ぶ一九六〇年代の文学だ。

近代小説の登場

初期ポストモダニズム文学の特徴とはなんだろうか。この問いに取り組む前に、ロマン派時代に確立した語りの形式とその後の変遷を見てみよう。

そもそも近代的な小説スタイルが確立したのは、英語圏ではイギリスの作家ローレンス・スターン(Laurence Stern, 1713-68)が書いた『トリストラム・シャンディ』(*The Life and Opinions of Tristram Shandy, Gentleman*, 1759-67)の頃といわれる。世界史的に見れば、ちょうど産業革命の時期にあたるのだが、このことは小説という文学形式が資本主義の隆盛と深く関係していることを示唆する。新たな産業の登場は、伝統的なヨーロッパ社会において王族・貴族に代わる新興有産階級、いわゆるブルジョアの登場を促すことになった。この進取の人々が手にしたのは、商業活動により蓄えた資本《キャピタル》だけではなく、自由にできる余暇の時間だった。この物質的余裕と時間的余裕という二つの余裕が、ロマン派小説というそれ以前の時代にはなかった人間中心的な語りを普及させることになる(1)。

ロマン派とは、フランスではルソー(Jean-Jacques Rousseau, 1712-78)やディドロ(Denis Diderot, 1713-84)らを中心とする文学サークルが主導したものだ。ドイツではシュレーゲル兄弟(August Wilhelm von Schlegel, 1767-1845; Friedrich von Schlegel, 1772-1829)らによる初期ロマン派と、ゲーテ(Johann Wolfgang von Goethe, 1749-1832)を中心とするイエナ派があった。イギリスでは、ウィリアム・ワーズワース(William Wordsworth, 1770-1850)やサミュエル・コールリッジ(Samuel Coleridge, 1772-1834)らの湖水地方の文学が有名だ。

これに対し、一八世紀後半が国家独立の時期と重なったアメリカでは、若干遅れて一九世紀半ばにかけてロマン主義の影響が文学に表れる。その主役はエドガー・アラン・ポー（Edgar Allan Poe, 1809-49）であり、ナサニエル・ホーソーン（Nathaniel Hawthorne, 1804-64）、メルヴィルらいわゆるアメリカン・ルネサンスの作家だった。また、リアリズム文学の代表格ともいえるヘンリー・ジェイムズ（Henry James, 1843-1916）の初期作品にも、ロマン派の残影が見てとれる。これらの作家がヨーロッパから一歩遅れながらも、その後のアメリカ文学の方向性を定めることになる。

ホーソーン、メルヴィル、ジェイムズ

では、アメリカン・ルネサンスの作家たちはどのような語りを展開したのだろうか。ここでまず取り上げたいのは、ホーソーンの『ブライズデイル・ロマンス』（*The Blithedale Romance*, 1852）だ。マサチューセッツ州東部にあった実験農場ブルックファームでの実体験を元に、作者ホーソーンがユートピア的理想と現実の衝突を描いたといわれる。

物語を語るのは、主人公マイルス・カヴァーデイル。美しきヒロイン、ゼノビアとの遭遇から、ブライスデイルという小コミュニティで起きる一連の出来事を語る一人称の語り手だ。ただし、登場人物が語り手を務める物語の視野はつねに限定的で、独我的なカヴァーデイルの性格も手伝って、その信ぴょう性が疑われる瞬間は少なくない。ドラマティックである一方、信頼性に欠けるのが、一人称の語りの特徴であり欠点だ。

それでも一人称の語りは、人間味溢れるロマンや冒険を語るには好都合で、ロマン派文学では広く信任を得た。たとえば、物語の筋や設定は大きく異なるが、メルヴィルの『白鯨』も一人称の語りによって展開される壮大な冒険小説だ。そこでは、巨大鯨モビー・ディックと捕鯨船ピークォド号の船員による悪夢のような闘いが、「イシュメイル」と自らを呼ぶ一人称の語り手によって、遡及的に語られる。(2)

ただし、小説の最後で明らかになるように、「イシュメイル」は白鯨との闘いに敗れたピークォド号船員の唯一の生き残りだ。船長のヘイハブはじめ一等航海士スターバックらは、モビー・ディックにより皆殺しにされたというのが物語の筋書き《プロット》だ。よって「イシュメイル」が語る内容を保証し裏づける登場人物は、もはや誰一人いない。メルヴィルは語り手「イシュメイル」を通じて、名づけ（"naming"）の行為や語る行為に伴う信ぴょう性の問題に読者の関心を向け、言葉と物の結びつきが恣意的であることを示そうとした。

カヴァーデイルや「イシュメイル」のような一人称の語り手が語る物語がもつ胡散臭さは、中世のキリスト教を中心とする信仰世界がルネサンス期を経て人間中心の世界へ移行したことを暗に示す。(3)神中心の世界で語られるキリスト教の寓話とは異なり、新しい時代の物語では人間ドラマの醍醐味が十二分に表現され、人間主体の理性や知性が高らかに謳《うた》われる。

一方で、神とは異なりすべてを見通す力を持たない人間の意識は脆弱で、人の感情はつねに不安定だ。『ブライズデイル・ロマンス』では、ゼノビアに惹かれるカヴァーデイルが病に倒れると熱に浮かされる。それはゼノビアに関心をもちながらも、彼女のすべてを知ることができない、よって知性をもって彼女を支配できないカヴァーデイルの精神力の弱さを表わす。一人称の語りには、こうした限界が存在する。そして、全能たる力をもたないがゆえに語り手を苛む不安は、ときに彼を譫妄《せんもう》状態に陥らせる。

ホーソーンのロマンスにおける語り手とヒロインとの関係は、少しかたちを変えてジェイムズの「デイジー・ミラー」("Daisy Miller," 1878) で繰り返される。ロマン派的な要素を多く含む初期ジェイムズのこの短編では、若き美しきヒロイン、デイジーの異性に気をもたせるような浮ついた行動と悲劇的な死を、全能の語り手が観察する。この語りの視点《パースペクティブ》をジェイムズ批評では、「セントラル・インテリジェンス」("central intelligence") と見なす (Blackmur xvi)。

ただしその視座《パースペクティブ》は、実質的にはデイジーに気を寄せるスイスに住むコスモポリタンなアメリカ青年フレデリック・ウィンターボーンの視点と合致する。伝統的なロマン主義からより現代的なモダニズムへの過渡期に執筆したジェイムズは、ロマン派小説に登場する主観的かつ感情的で信用に欠ける一人称の語り手を三人称に偽装することで物語の信ぴょう性を高めようとした。文学史ではこうした小説形式をリアリズムと呼ぶ。

モダニズムの二極化する語り

その後、ジェイムズの技法はモダニズムの時代、ロストジェネレーションのエグザイル作家アーネスト・ヘミングウェイ（Ernest Hemingway, 1899-1961）らによって継承される。批評家ロバート・スコールズ（Robert Scholes, 1929-2016）が指摘したように、ヘミングウェイ小説における主人公を指示する三人称の「彼」（"he"）は、一人称の「私」（"I"）に置き換え可能で、作者が語りに客観性を付すための手段として機能する。[4] 産業化が進み、科学の力が絶対視されつつあった時代、文学といえどもその語りを客体視し、そのことで信頼性を高めることが重要だったのだ。大恐慌時代の一九三〇年代に多く書かれた社会派小説で、この傾向はより顕著に見られる。

ただし、モダニズム小説において一人称の語りが、顧みられなくなったわけではない。同じヘミングウェイ作品でも『武器よさらば』（*Farewell to Arms*, 1929）では、主人公フレデリック・ヘンリーが一人称で物語を語る。ヘミングウェイは一人称の語り手と三人称の語り手を上手く使い分けた作家だった。同時代の人気作家スコット・フィッツジェラルド（F. Scott Fitzgerald, 1896-1940）の代表作『グレート・ギャツビー』（*The Great Gatsby*, 1925）でも、名脇役のニック・キャラウェイが謎の大富豪ジェイ・ギャツビーの物語を一人称の視点から語る。

実際のところ、ジョイスやマルセル・プルースト（Marcel Proust, 1871-1922）、ヴァージニア・ウルフ（Virginia Woolf, 1882-1941）やウィリアム・フォークナー（William Faulkner, 1897-1962）ら、人間の内面を「意識の流れ」（"the stream of consciousness"）として物語化しようとした作家が活躍したのもこの時代だった。人々は語りに客観性を求める一方で、意識の深層にも興味を示した。ジークムント・フロイト（Sigmund Freud, 1856-1939）は人間心理の奥底に隠れた「無意識」に目を向け、ウィリアム・ライヒ（Wilhelm Reich, 1897-1957）は「性衝動《リビドー》」を探求した。人間主体の感情の揺れを示す「私」的な一人称の語りは、時代が注目する内面の探求には格好の手段だった。

こうして二〇世紀文学は二極化の様相を呈した。かたや語りの客観性を追求し、現代社会が抱える諸問題を暴き追求しようという社会派小説。工業化が進み、労使問題や労務環境等に人々の注目が集まった一九〇〇年代初頭には、アプトン・シンクレア（Upton Sinclair, 1878-1968）ら当時マックレーカーと呼ばれた改革派メディアによる暴露小説が流行した。また、大恐慌の一九三〇年代にはジョン・スタインベック（John Steinbeck, 1902-68）らが、疲弊するアメリカ社会の姿を三人称の語りで描き出した。

これとは対照的なのが、フォークナーを中心とする「意識の流れ」を表現した内的独白だった。長引く不況と戦争の時代に、この手法は一旦輝きを失いかけたが、第二次世界大戦終結後の一九五〇年代に、思わぬかたちで復活した。それは、思春期の青年の心の揺らぎを青春小説に昇華させたサリンジャー（J. D. Salinger, 1919-2010）の『キャッチャー・イン・ザ・ライ』（*The Catcher in the Rye*, 1951）であり、ロシア系移民ウラジミール・ナボコフ（Vladimir Nabokov, 1899-1977）が旧世界から来た中年男とあどけないアメリカ娘との戯れをスキャンダラスに描いた『ロリータ』（*Lolita*, 1955）だった。二つの小説は一大ブームとして、文壇はもちろんのこと戦後の好景気に沸く社会の注目を集めた。

信用ならない語り手とアウシュヴィッツ以後の蛮行

これらの小説では、いずれも一人称の語り手である主人公が、精神治療を受けるという設定で語りが進行する。東海岸の有名高校を退学になった『キャッチャー』のホールデン・コールフィールドは、カウンセリングを受けて復学を目指す最中に小説として読者が読む手記を記す。『ロリータ』もハンバート・ハンバートが残した手記として著される。そのナボコフの語り手は殺人の罪に問われ、精神鑑定を受けるなか獄中死を遂げる。もはや「理性」を保つことができなくなった物語の「信用ならない語り手」たちは、社会的に矯正を受けるか、さもなければ退場を余儀なくされたのだ。

ともに伝説の主人公を生み、世界的なブームを引き起こした作品だったが、二人の作家が意図したことは、ロマン派的な人間ドラマの再現でもなければ、「無意識」という心の闇に迫ることでもなかった。帝政ロシアに生まれ、ユダヤ系女性と結婚した旧貴族のロシア人作家ナボコフは、共産主義とファシズムを逃れてアメリカに辿り着いた。一方、武勲を立てようと闘った戦場で、ユダヤ系の若きアメリカ作家サリンジャーはダッハウ近郊のユダヤ人強制収容施設を目撃した。第二次世界大戦という狂気の戦争を経て、ナボコフもサリンジャーも人間理性の限界を示す語りを表現せざるを得なかったのではなかろうか。

そもそも物語とは、目の前の現実を語りという枠組《フレームワーク》のなかに収める行為だ。それは、画家がキャンバスという枠《フレーム》のなかに世界を描くのと同じだ。その対象は人物かもしれず、風景かもしれず、現実とはかけ離れた夢想の世界かもしれない。ただひとつ言えるのは、芸術家が描き語ろうとする対象やその描き方には流行り廃りがあるものの、それが世界の一部を切り取り、表現するという行為、すなわち世界を分節化する行為であることはつねに変わらないということだ。

ところが、第二次世界大戦での大量殺りくは、とりわけアウシュヴィッツをはじめとするナチスドイツ下におけるユダヤ人強制収容所で執行された大量虐殺は、現実の出来事が言語を用いて表現できる枠の限界を超えるものだった。もはやいかなる手法においても分節化できない事実が、人間理性に突きつけられたのだ。ナチスの迫害を逃れ、戦後この点にまず触れたのは、ユダヤ系ドイツ人哲学者テオドール・アドルノ（Theodore Adorno, 1903-69）だった。アドルノのあまりに有名な格言「アウシュヴィッツ以後、詩を書くことは野蛮である」とは、まさに現実が言語という枠に収まりきらない、現実を表したものだった（34）。

モダニズムからポストモダニズムへ

第二次世界大戦以降の文学は、多かれ少なかれ、また意識するにせよしないにせよ、一九四九年にアドルノが「文化批判と社会に関する論考」（"An Essay on Cultural Criticism and Society"）で示したこの命題とともに出発した。サリンジャーやナボコフは一九五〇年代にモダニズム的な語りのなかで、この点に取り組んだ作家だった。彼らは小説という芸術的枠組が抱える問題や言語という表現装置の限界という問題に真っ向から取り組みはしなかったが、語り手の理性に疑問符を付し、物語の信ぴょう性にあえて自ら傷をつけることで、読者の心を懐疑的にした。

ここからポストモダニズム文学に移行するには、語り手が自らの語るという行為を客体視し、自らが語る言語とその言語が対象とする事象との関係を自己内省的に見直す視点を獲得する必要があった。そのためのさまざまな試行錯誤を展開したのが、一九六〇年代に文壇に登ったポストモダンの作家たちだ。

語りの主体はどこにあるのか。語りの言語はその対象を的確に表現できるのか。なにを語るのか。なぜ語るのか。語りの枠組みたる世界はどこにあるのか。その世界はそもそも存在するのか。あるいは存在する世界は唯一なのか。初期ポストモダニスト作家が立てた疑問の数はあとを絶たない。そして、このことに最も作為的に取り組んだ作家のひとりがジョン・バースだった。

一九五七年小説『フローティング・オペラ』（*The Floating Opera*）で作家デビューを果たしたバースは、その翌年『旅路の果て』（*The End of the Road*, 1958）を出版。実存主義に強く影響を受けたこれらの小説では、人間存在の意義とその喪失という答えのない問題に取り組み、袋小路に迷い込んだ。その行き場のなさから一気に脱出を図ったのが、一九六〇年刊行の『酔いどれ草の仲買人』（*The Sot-Weed Factor*）だった。歴史上の吟遊詩人エベニーザ・クックを主人公とするこの壮大な歴史改変小説は、ポストモダニズム的想像力を世に問う傑作長編だ。

その後、『ヤギ少年ジャイルズ』（*Giles Goat-Boy*, 1966）という大学を舞台にする知的メタフィクションでベストセラー入りを果たすと、一九六八年に短編集『びっくりハウスの迷子』（*The Lost in the Funhouse*）を著した。本書第一章では、この短編集冒頭の「フレームテイル——枠組の話」（“Frame-

Tale," 1968）とそれに続く「夜の海の旅」（"Night-Sea Journey," 1966）を取り上げ、バースの語りにおけるポストモダニズム的な意図を明らかにする。

第一章

語りの枠組

ジョン・バース『びっくりハウスの迷子』（一九六八）

John Barth,
Lost in the Funhouse

むかしむかし——ビートルズとフォークロア

「むかしむかし、そのまたむかし……ペパーランドというこの世のものとは思えない極楽がありました。」このユニークな語りではじまるのは、当時流行のサイケデリック色豊かなビートルズ制作のアニメーション映画『イエローサブマリン』（*Yellow Submarine*, 1968）だ。

あいにく翻訳文では細かなニュアンスは伝わらないが、原文の英語では "<u>Once</u> upon a time—or maybe <u>twice</u>" とある（下線は筆者）。「むかしむかし」にあたる "Once upon a time" の「かつて」（"once"）が「一度」という意味でもあることから、「二度かも」（"maybe twice"）という見事な駄じゃれが生まれ、昔話の導入部に見られる語りの鋳型を切り崩す。ポップカルチャーのアイコンたるビートルズまでもが意識した紋切り型の昔話の言語こそ、語る行為を長らく支えてきた物語の枠をかたち作る。

実際、いくつかの変異形——「あるところにおじいさんとおばあさんがおりました」など——はあるものの、「むかしむかし」ではじまる語りの基本形式は、ほぼすべての物語に見られる普遍的ともいえる特徴だ。つまり、語りはつねに過去形で進行するということ。当たり前のことではあるが——そして当たり前すぎて注意が払われない点でもあるが、昔話からモダニズム文学まで、基本時制が過去形ではない物語を探しても見つからない。ジョイスの『ユリシーズ』（*Ulysses*, 1920）やウルフの『ダロウェイ夫人』（*Mrs. Dalloway*, 1925）、それにフォークナーの『響きと怒り』（*The Sound and the Fury*, 1929）など、モダニズム文学固有の「意識の流れ」は現在形で進行する。しかし、登場人物の意識を囲い込む物語の主たる語り、すなわち枠組は過去形で構成されているはずだ。

過去形の語りといえば、シャルル・ペロー（Charles Perrault, 1628-1703）の『赤ずきん』からグリム兄弟（Jacob Grimm, 1785-1863, Wilhelm Grimm, 1786-1859）の『白雪姫』、ジョセフ・ジェイコブス（Joseph Jacobs, 1854-1916）の『三匹の子豚』と、古典主義時代からロマン派、リアリズムの時代にかけて、ヨーロッパでは昔話の収集作業が活発化した。人間中心《ヒューマニズム》的な文学の形成期とほぼ時を同じくして、フォークロアの収集が進んでいたことになる。これは単なる偶然ではないだろう。人間的な物語とは、必然的に過去形の語りだったのだ。

物語は過去のもの

それというのも、物語は歴史記録と同じで、過去を遡及的に振り返ることでしか成立しない。不思議なことに未来を語っているはずのSF小説ですら、物語は過去形で進行する。三〇年余り先の未来を描いたジョージ・オーウェル（George Owell, 1903-50）の『一九八四』（*Nineteen Eighty-Four*, 1949）であれ、その一九八四年にサイバーパンクという造語を引っさげて衝撃のデビューを果たしたウィリアム・ギブスン（William Gibson, 1948-）の『ニューロマンサー』（*Neuromancer*）であれ、物語は過去形ではじまり終わる。

同じことはニュース報道にもいえる。現場実況は別として、報道の多くはすでに終わった出来事を伝えるのであり、よって過去形でしか語られない。一方、進行中のスポーツ実況などは、現在形で語られる。それは臨場感に溢れはするものの、聞く側にすればどことなく落ち着かない。ハラハラドキドキさせられるのは、結果が出てないからだ。対照的に歴史を語る寓話として出発した物語は、必ずやすでに完結した過去の出来事の語りだった。だから物語とは、はじまったときには、すでにもう終わっている媒体なのだ。

これを終末論的語りと呼ぶ。キリスト教世界では、ごく普通に受け入れられてきたこの語りの枠組を、英語では"teleology"と呼ぶ。その語の一部"telos"とはギリシア語源の哲学用語で、「目的」や「終わり」、そして「完成」を意味する。聖書では、神がこの世とアダムを創造し、アダムの肋骨からイヴが生まれる「創世記」("Genesis")を起点に、世界の終末を語る「黙示録」("Apocalypse")に至る。この一連の物語を目的論的語り、もしくは終末論的な語りと呼ぶ。「終わり」に向かって時が進むなか、神が創った人間世界は目的をもって進化し続ける。(1)

近代に入り社会が世俗化すると、人々の信仰心は薄れ、神や宗教に代わって人間が物語の中心を占めるようになる。いわゆるロマン派時代のはじまりだ。この新しい人間中心の語りにおいても、目的論的、ないしは終末論的な語りが、物語の枠組として踏襲された。つまり物語にははじまりがあり、終わりがあるということ。そして神が創る世界と同じように、人間が作る世界にも目的があり、進歩しなければならない。ロマン派の時代は産業革命の時代とも重なり、現代に通じる資本主義社会の黎明期でもあった。人々は産業の発展と社会の効率化を一途に目指す。二〇世紀初頭には、いわゆる進歩主義の時代が到来した。

しかし、生産力強化を目的に資本の拡大を目指した近代から現代にかけての人間社会は、やがて成熟期を迎えるとそのあり方を見直す時期に達する。二〇世紀後半、一九六〇年代のことだ。

そのきっかけとなったのは、世界の至るところで大量殺りくが繰り広げられた二つの世界大戦だった。原子爆弾を筆頭に、戦争で使われた革新的技術は、多くの人間の命を奪っただけではなく、環境にも大きな負荷をかけた。また、技術革新や労働生産性向上のためにないがしろにされた人間性にも目が向けられた。人々は社会のあり方に疑念を抱き、改革意識が一気に高まった。

この批判意識は、文化・文学の世界にも波及し、ポストモダニズムの登場に至る。『イエローサブマリン』が劇場公開されたのと同じ一九六八年、ジョン・バースは短編集『びっくりハウスの迷子』を出版すると、伝統的な物語形式に文字どおりメス——正確にはハサミ——を入れた。短編集冒頭に収められた「フレームテイル」は、「点線に沿って紙を切り取り、両端を折り返し、ABはabに、CDはcdに重なるように留めよ」という指示文から成るわずか二頁の物語。切りとるように指示された断片の表側には「むかしむかしあるところに」、裏側には「はじまりの物語があり…」と書かれていた（1-2強調筆者）。

メビウスの輪と終わりのない物語

この不可解な物語でバースが意図したことを確かめるには、『びっくりハウスの迷子』に付された「作者但し書き」（"Author's Note"）を読むのが一番だ。バースは「フレームテイル」を取り上げると、それが「メビウスの輪」をつくるパフォーマンスであることを明かした。また、その物語を「一次元のようでいて、二次元のようでもあり、また三次元のようでもある」と述べると、「物語は続く。物語は続く」と締めくくった（xii）。わずか二頁の「フレームテイル」が示す「終わりのない物語」というシンプルかつ大胆な筋書き。

それにしても、読者に向かって本のページを切るように指示を出すとはどういうことなのか。本とはブルジョワ文化、すなわち初期資本主義における文化的象徴であり、一個の芸術的完成品でもある。それを切断するのは、はばかられる。事実、筆者もこの本を購入して四〇年ほど経つが、いまだにハサミを入れることができずにいる。大量生産品とはいえ、本という財に傷をつけることに抵抗を感じるからだ。

それでも、この物語を上手に紙に写し取り、ハサミを入れてバースの指示どおりに両端を貼り合わせてみる。するとねじれた紙片からできあがるのは「メビウスの輪」。英語では「ねじれた筒」を意味する “twisted cylinder” とも呼ばれる。ドイツの数学者アウグスト・フェルディナンド・メビウス（August Ferdinand Möbius, 1790-1868）とヨハン・ベネディクト・リスティング（Johann Benedict Listing 1808-82）が、偶然にも同じ一八五八年にそれぞれ別個に発見したというこの不思議な円筒は、表裏から成る二次元平面でありながら、片方の面を辿っていくともう一方の面に達するという、決して閉じることのないユニークな構造をもつ。

この変わった平面にバースが書いたテクストは、「むかしむかしあるところに、はじまりの物語があり……」という未完の文章の永遠の繰り返し《オートループ》。この閉じることのない奇妙な平面に書かれた、終わることのない不思議な物語は、目的論的終末論へのバース流の宣戦布告だった。物語には必ずやはじまりがあり、はじまった物語は必ず終わるという固定観念の否定。さらに、メビウスの輪という開かれた平面の存在は、世界の一部を切り取り物語という枠のなかに囲い込もうとする営みに疑問を投げかける。人物や風景を描く絵画を部屋に飾るには額縁という枠が必要であるように、世の出来事を読者に語り伝えるには物語という枠が必要だという文学的信仰にメスを入れたのは、「フレームテイル」という長さにしてわずか二頁のテクストだった。

カギ括弧つきの語り

伝統的な物語形式を解体しようとするバースの挑戦は、同短編集収録の「夜の海の旅」でも続く。この短編は、文芸誌『エスクワイア』(*Esquire*)一九六六年六月号に掲載されたのが初出で、その後『びっくりハウスの迷子』に収められた。そのあらすじは次のようなものだ。

舞台は夜の海。語り手を含む複数の泳ぎ手《スイマー》たちが、なにかに向かって泳いでいる。そのなにかの正体はわからず、またなぜ泳いでいるのかも定かではない。泳ぎ手たちの背後には「創造主」のような巨大な存在がおり、その「創造主」のために泳ぎ続けているのではという漠とした思いだけがある。とはいえ、目的のはっきりしない泳ぎから、次第に仲間たちは疲れ脱落し、溺れ死んでいく。それでも、遠い向こうの目的地にたどり着くことを信じてか、得体のしれない「愛」に突き動かされてか、誰もが泳ぎ続ける。

このなんとも不可思議な短編について、バースは「作者但し書き」で「印刷」して読むか、「録音した作者の声」で聴くべきだと注文する。つまり、「ライヴ」で読み聞かせるのもよくなければ、「作者以外の誰かが語るにも向いていない」というのだ。この「作者の声」に対するこだわりの理由はいかなるものか。なぜライヴではなく「録音」された状態で聴くべきなのか（xi）。

そこで作品に目を転じると、まず気づくのはこの短編が一人称の語り手、すなわち「私」たる“I”が語る物語だということだ。ただし、この語り手の声は、物語の最初から最後まですべてカギ括弧で閉じられている。これは通常あり得ないこと。語りのすべてが登場人物の会話のように括弧内に入れられている状況は尋常ではない。

また、作品を読み進むにつれてわかるのは、語り手は物語のすべてを現在時制で語っているということだ。カギ括弧で括られた現在時制の声。それが「夜の海の旅」という物語を語る。このことからわかるのは、このカギ括弧の声を語る、さらに上位の語り手が存在するということ。つまり「夜の海の旅」のカギ括弧内の声は、物語に現れる登場人物のひとりの声にすぎない。全編を通じてすべての出来事がひとりの登場人物によってライヴで語られているという設定だと理解すればよい。

結果として、この短編の読者は二つのことを意識する。まずは、現在時制で語られるがゆえの落ち着きのなさ。どんなに長い会話を含む物語でも、普通は地の文章があって、どこかで必ず呼吸を整える、つまり過去形に戻る。この一種の法則は、「意識の流れ」を含むウルフやフォークナーの小説にも当てはまる。唯一の例外は『フィネガンズ・ウェイク』（*Finnegans Wake*, 1939）。この韻文とも散文ともつかないジョイスの大作は、口頭伝承の変異形といえる。読み聞かせを前提に書かれた作品なのだ（「コラム④『フィネガンズ・ウェイク』」を参照）。

同じことは「夜の海の旅」にもいえる。この短編は文体《スタイル》こそ散文だが、発話を前提に書かれた、読み上げるための作品と理解したほうがよい。だから、すべての文章にカギ括弧が付されている。そうだとすれば、バースが言う「録音」して聴くことの意味が見えてくる。語り手が現在形で語るカギ括弧つきの文章は、録音＝再生という過程《プロセス》を通じてはじめて過去という伝統的な物語の枠のなかに引き戻される。録音された語りは現在形でも、それを再生して聴く際には、過去に発せられた声になる。

ならばバースが言うように、この物語を読むべきは、より上位の語り手として相応しい作者という存在だろう。語り手とは作者が用意する語りの手段《メディア》であり、語り手の声は作者の声の代用物、すなわち再＝表象（"re-presentation"）にすぎない。つまり語り手の声を承認し、その存在に正当性を付すことができるのは作者だけということだ。全編を囲い込む巨大なカギ括弧が意味するのは、語り手の背後に潜む作者の存在であり、そこから明らかになるのは、物語という文学的枠組における作者と語り手の共謀関係ということになる。

「作者」と語り手

では、作者と語り手との共謀関係とはどういったものなのか。物語には必ず語り手がいる。その役割は登場人物が担う場合もあれば、いわゆる全能の語り手がいることもある。またヘンリー・ジェイムズの作品に見られる「セントラル・インテリジェンス」の場合もある。

「夜の海の旅」では、登場人物のひとりが語り手として働く。この場合、『グレート・ギャッビー』のニック・キャラウェイや『キャッチャー・イン・ザ・ライ』のホールデン・コールフィールドのように、語り手の性格付けがしっかり成されていくのだが、「夜の海の旅」の語り手は匿名の存在だ。その意味するところは、この語り手は多くの似たような存在のひとりにすぎないということ。同じような境遇の同じような存在が数多くいるなか、偶然語っているのが現在の語り手で、ほかにもいくらでも候補者はいるということだ。

複雑なのは、この匿名の語り手の声を囲い込むカギ括弧のなかに、さらに低位のカギ括弧があるという点。この二重のカギ括弧が示すのは、語り手がその声を代弁するほかの登場人物たちがいるということ。語り手は上位の語り手が語る物語の登場人物であると同時に、別の登場人物の声を収集しながら自らの物語を語る。だから二重化されたカギ括弧の存在は、物語が入れ子構造状であることを示す。「夜の海の旅」とは、メタフィクション（物語内物語）なのだ。

繰り返しになるが、このメタフィクションという物語の枠組が意味するのは、語り手の声を背後から管理する上位の語り手たる作者が存在するという点だ。作者は物語の大枠を構成し、語り手に声を吹き込む。もちろん、作者の姿は語り手にも読者にも見えない。ただ想像され、ときに言及され、意識されるのみ。

実際、この物語では語り手が「溺死した仲間のひとり」から聞いた話として、「創造主」である神の存在に触れる場面がある。語り手は「創造主」を「我らが父」と呼び、「僕たちを創り、僕たちが泳いでいる海を創った」存在と見なす（7/196）。この「父」たる「創造主」こそ、物語における作者にあたる。

ただし、語り手が仮定するこの上位の存在は、たとえそれが「創造主」であろうと作者であろうと、バースという実在の作家とは異なる。物語の背後に潜む絶対的存在として仮想される、いわばカギ括弧つきの「作者」は、物語上の仮象《フィギュア》ないし修辞《フィギュア》にすぎない。その姿は想像されるのみで実在しない。メタフィクションにおける「作者」とは、バースという実在の作家が操る文学上の仕掛けとして、物語構造の二重性を内省的に表現する手段なのだ。

「船」と「荷物」——語り手の役割

よって「夜の海の旅」は、一見単純な一人称の語りのようだが、語り手の声にカギ括弧が付されていることから、読者はつねに語り手とその背後に潜む「作者」の関係を意識する。とくに括弧付きの語りが示すメタフィクション的な二重構造は、語る行為の意味を今一度省みる機会を読者に提供する。

一方、「夜の海の旅」という作品の筋書きは、必ずしも明確ではない。たとえば、歯に衣を着せたような、なにを言いたいのかわからない冒頭の文章。

「あれにしろこれにしろ、僕らの旅に関して、どの理論的見解が正しいにせよ、僕は自分に向かって話しかけている。あたかも他人に対するかのように、僕たちの歴史や置かれた状況を、自分に向かって詳述している。心に秘めた希望を明かしながらも、それに向かって沈んでいる。(3/190)

物語の筋立てとは、作品を書くにあたり作家が考える目論みのことだが、「夜の海の旅」の導入部は抽象度が高く、その内容は理解しにくい。

これに続く物語の第二段落。語りの内容はさらに抽象度を増す。語り手は物語のリアリティを問い、同時に自分自身の存在意義《アイデンティティ》について問う。

「この旅は僕自身のでっち上げなのか。夜や海は、僕自身の経験とは別個に、本当に存在するのだろうか。そう自ら問いかける。僕自身、存在するのだろうか。それともこれは夢なのか。ときどきこんな考えを巡らす。自分が存在するのだとして、僕は一体何者なのか。僕が担っているのは伝統("The Heritage")なのか。一体どうやって船("vessel")と荷物("contents")の役目を同時に果たすことができるのか。休憩をとりながら、こんな自問を繰り返す。(3/190)

ここで語り手自らが言うように、この物語の語り手に与えられた役割とは「船」であり、同時に「荷物」。「船」であるとは語りを通じて物語という内容物、すなわち「荷物」を目的地に向けて運ぶという、語り手の役割を示す比喩だ。ただ「夜の海の旅」の語り手は、「船」であると同時に「荷物」でもあるという。船とは内容物を運ぶ「容器《コンテナ》」、すなわち枠組であり、その「中身《コンテンツ》」であるとは、物語で語られるべき主題だということ。枠であり中身であるとは、語り手であり語りの対象でもあるということ。つまり語り手は、主人公の役割も兼務する。

自己内省的な語り

このことは、決してあり得ないことではないが、語り手にとってはそれなりの負担になる。より正確にいえば、伝統的な小説ではこうした現象は、まず起き得ないことだった。たとえば、イシュメイルが語る『白鯨』の主人公は、巨大鯨モビー・ディックを捕獲しようと懸命に闘うエイハブ船長、もしくは鯨そのものであり、ホーソーンやジェイムズの三人称の語り手も、自らを主人公に物語を語ることはなかった。つまりロマン派的な物語では、語り手と主人公の役割分担ができていて、その間には明確な線が引かれていた。

この境界はモダニズム文学において曖昧になった。フィッツジェラルドは『グレート・ギャツビー』で、主人公ギャツビーと語り手ニックの役割分担を正確に守ったが、ヘミングウェイはこの点をぼかした。『武器よさらば』の主人公フレデリック・ヘンリーは、一人称の語り手としてキャサリンとの恋愛物語を自ら語った。

同様にサリンジャーの『キャッチャー・イン・ザ・ライ』では、語り手のホールデンが自らを主人公に物語を語る。ただ、『武器よさらば』にしろ『キャッチャー』にしろ、物語は過去形で書きあらわされた回想録だった。これが意味するのは、主人公として登場するフレデリックやホールデンと、語り手としてのフレデリックやホールデンの間には、時空間的なギャップが存在するということだ。語る主体としてのフレデリックなりホールデンと語りの対象となるフレデリックなりホールデンは、それぞれ別の存在と見なされうるのだ。別の言い方をすれば、主人公のフレデリックやホールデンは、語り手としてのフレデリックやホールデンが演出（もしくは偽装）する、理想（あるいは虚構）のフレデリックやホールデンだということ。批評家が二人の主人公を「信頼できない語り手」と呼ぶ所以《ゆえん》だ。

一方で「夜の海の旅」の語り手は、その現在形の語りにおいて、主人公として自ら語り自らを語る。主人公としての語り手と、語り手としての主人公の間に、時空間的なギャップは存在しない。よって自らの役割の二重性をつねに意識することになり、その語りは自ずと自己内省的なものになる。この二重の言説がメタフィクションという形式を特徴づけ、物語の言語を懐疑的なものにする。

マクロからミクロへ

このように短編にしては、ひどく抽象的な内容の「夜の海の旅」だが、この作品が描く世界が現実にもとづくものであろうと、虚構や夢想であろうと、夜の海を舞台にする旅立ちの物語であることだけは間違いない。また、暗闇のなかで溺れる者が後を絶たないというのだから、競争社会を描くブラックコメディなのかもしれない。あるいは「泳ぎ手」たちがなにか恐ろしいものから逃れようとしているのなら、一種のホラーなのか。

そこで細部に注意して読めば、「泳ぎ手」たちが「泳ぐため」に「長い尻尾と流線型の頭」をもっているとの記述がある。語り手は、イソップ寓話のように動物かなにかを登場人物に描いているのだろうか。ただし、この点について語り手は、「泳ぐことができる、そして実際泳いでいる」からといって、「僕たちは泳ぐべくして」生まれてきたとは思えないとも述べている。また、「「運命を成し遂げる」ために努力すべき」ではないともいう。その理由は、「運命」といっても、それは「特別な誰かの運命のこと」で、「僕たちは、どのみち早かれ遅かれ死ぬだけ」だからだという (4-5/192-3 強調原文)。果たして、語り手と仲間の「泳ぎ手」たちは何者なのか。

おそらくこの抽象度の高い物語にバースが込めた意味を、一回の読書で理解するのは、ほぼ不可能だろう。一方で、重層的な語りの構造をもつ『響きと怒り』のようなモダニズム文学の小説ではよくあることだが、一度そのきっかけをつかめば、物語の隠喩がきれいに解けていく。「夜の海の旅」の場合、語り手たち登場人物の正体がわかった途端にすべての謎が解ける。そして、多くの批評家が論じてきたように、この物語の登場人物?は人間の精子であり、「夜の海の旅」とは「一個の精子が他の多くの精子とともに射精され、卵子と合体するまでの話」である (志村「解説」232)。

それにしても精子が語るとはどういうことなのか。「精子」、英語では "sperm" だが、バース自身はこの単語を作品内では一切使わない。しかし、アメリカ文学を読み慣れた読者ならば、メルヴィルが描いたモビー・ディックが「マッコウクジラ」、すなわち英語で“sperm whale”をモデルにしていたことを想起するだろう。『白鯨』とは巨大鯨を対象に、語り手イシュメイルが描く壮大な人間ドラマ《エピック》だった。それに対し、「夜の海の旅」は語り手となった精子が、冷めたミクロな視点から描く人間登場前夜《プレヒューマン・ヒストリー》の物語のようだ。

そういえばこの短編で語り手は、繰り返し「愛」(“Love”)について語る。かつてロマン派文学では、男女間の恋愛を描く教養小説が、「愛」を主題に人間の成長と完成をドラマ化した。一方「夜の海の旅」では、多くの「泳ぎ手」が「愛! 愛!」と連呼し、「愛こそが僕たちを前へ前へと駆り立て、生きる力を維持する」と訴える(4/192, 5/193)。ところが、語り手は泳ぎ手たちの熱狂から一歩距離を置いて言う。「愛とは、いかに僕たちが無知なのかを語る言葉。自分たちをむち打つものの正体が、一体なにかさえわからずにいる」(5/193)。「愛」という人間中心的《ヒューマニスティック》な主題の下、語り手を含む精子の一群は夜の海に散っていく。果たしてここから人間的な「愛」は育まれるのだろうか。ロマンティックな男女間の恋愛は、ポストモダニズム文学において再生されるのだろうか。

「枯渇の文学」と語りの延命

バースら初期のポストモダンの作家は、小説というロマン派時代に生まれた文学ジャンルが、モダニズムの時代を経て迷い込んだ袋小路を出発点として、文学の再生を目指して創作活動に取り組んだ。なにを目的になにを書き、なにをもって独創的な作品と呼ぶことができるのか。モダニズム文学の終焉を目の前に、作家たちは終わりかけの小説世界に新しい息を吹き入れようと文学的な実験を繰り返した。
ポストモンの作家では長老格にあたるバースは、こうした課題を誰よりも強く意識して創作に取り組んでいた。『びっくりハウスの迷子』出版の前年にあたる一九六七年、アメリカの文芸誌『アトランティック・マンスリー』（*Atlantic Monthly*）に掲載した評論「枯渇の文学」（"Literature of Exhaustion"）では、作家にとって技術ばかりがすべてではないと主張する先輩作家ソール・ベロー（Saul Bellow, 1915-2005）を牽制し、次のように語っている。

今に相応しい言葉遣いで、今風の登場人物とトピックを用いて、世紀末風の小説を上手い具合に仕上げる現代作家がいる。しかし、私には技術的にも今風な意味で長けた作家のほうが、ずっと魅力的だ。かつてならジョイスやカフカがそうだった。今ならサミュエル・ベケットとホルヘ・ルイス・ボルヘスがそれにあたる。（30/97-98）

英語圏文学におけるボルヘス再評価につながったこの論考で、バースはベケット文学を「沈黙」の文学と呼び、「小説が主たる芸術形式だった時代は終わりつつあるのかもしれない」という認識を示した（31/100, 32/106）。その終わりつつある小説の延命手段として掲げたのが、ボルヘス流の「模倣」、もしくは既存文学の「翻訳」であり、「脚註」を付すことだった。もちろん、それは文字どおりの翻訳を実践することでもなければ、古典文学の注釈書を書くことでもなかった。文学という芸術形式の更新《アップデート》を目的とした書き直し《リライト》やパロディー化、つまり文学ジャンルのリサイクルこそバースの意図したことだった。

その例としてバースが挙げたのは、ボルヘスの短編「『ドン・キホーテ』の著者、ピエール・メナール」("Pierre Menard, Author of the Quixote," 1939) であり、ナボコフの小説『青白い炎』(*Pale Fire*, 1962) だった。前者は、虚構の世紀末作家ピエール・メナールがセルバンテスの作品そのものを書くという不可思議な偉業をニームなる批評家が評した短編だ。問題は、読者にはこれが単なる茶番で、メナールの作品は単なる模写《コピー》としか思えない点だ。ボルヘスの現代的なほら話《トールテール》は、この認識上の隔たりを利用して文学を延命させようという試みだった。

一方『青白い炎』は、架空の詩人ジョン・シェイドが書いたという詩「青白い炎」に、やはり架空の批評家チャールズ・キンボートが註を付したというメタフィクションだ。虚構《フィクション》を虚構で語るメタフィクション。こうした手法は、バース自身も得意とする。「枯渇の文学」では、『酔いどれ草の仲買人』と『ヤギ少年ジャイルズ』に言及し、それらの作品を「「作者」という役割を模倣する作者」によって書かれた、「「小説」という形式を模倣する小説」と自ら評した (33/106)。ポストモダニズム文学による文学再生の試みとは、新しい文学的主題を見つけ出すことや、これまでにない独創的な物語を書くことではない。すでに使い古されたものや手段を繰り返し使うことによって生まれる認識のずれや意識の違いに注目することなのだ。

「夜の海の旅」──英雄神話からポストモダンの語りへ

「夜の海の旅」に話を戻せば、志村正雄の指摘にもあるように、この作品は心理学者カール・ユング（Carl G. Jung, 1875-1961）が『転移の心理学』（*Psychology of Transference*, 1946）で触れた英雄神話の類型《アーキタイプ》のひとつにバースがヒントを得て書いた作品だ（「解説」232）。ユングによれば、「夜の海の旅」とは冥界《ハデス》へと降りていく精神的《スピリチュアル》な旅のこと。この世の果てに住む霊との出会いや、意識の向こうに潜む無意識との遭遇を経て、人間は再生、そして復活するというロマンティックな神話的語りでもある（cf. Jung 83-4）。

バース版「夜の海の旅」では、この神話的英雄がミクロ化され精子として受精と生命誕生を求める旅に出る──もっとも、精子たる語り手は、自分の行動の意味を理解していないのだが。存在するか否かもわからない「対岸」に達するのか。それとも、そこには「彼女」という「僕たち泳ぎ手とはまったく異なる謎の存在」がいるのか。いずれにしても、出会いの確率はきわめて微少。「千回の夜の海の旅につきわずか一回だけ、二億五千万人にひとりの泳ぎ手が、不死の条件を満たす（つまりは、二千五百億分の一の生存確率ということ）」（8/198）。

さらに、この出会いは「僕たちの死でありながら、救済であり再生であり、僕たちの旅の終着点であると同時に中継点でもあれば、はじまりでもある」。「逆説的かつこの上なく曖昧な言葉によってしか表現できない」夜の海の旅（10/202）。それでも仲間のひとりが言う。「ただし、君たちのなかのひとりが、夜の旅を完遂する運命の英雄かもしれない。そして、彼女とひとつになる。もちろん、その可能性は、ほぼゼロだけど」(11/203)。

このようにバースは、ユングが類型化した神話的英雄の旅をパロディー化する。その意図は「枯渇」した文学における語りの再生だ。数え切れないほどの精子の群れが唯一の卵子との結合を求めて海を泳いで渡るという、ポルノグラフィックというよりむしろグロテスクな舞台設定のこの短編で、語りの背後から残響音のように聞こえてくるのが、卵子が歌うロマンティックな「愛」の唄だ。「「愛よ！ 愛なのよ！ 愛なんだってば！」」(13/206)。

こうして人間中心の「愛」の物語を矮小化しつつも、「夜の海の旅」は精子の語りを通じて、生きることへの期待と不安を示す。「フレームテイル」では、伝統的な語りの枠組にメスを入れようと、大胆な文学実験を断行したバース。「夜の海の旅」では語りの枠組は維持しつつも、物語全体をカギ括弧で括るメタナラティヴを用いて、文学という芸術形式の持続と継続を模索した。

第二章

語りを削ぎ落とす

ドナルド・バーセルミ「センテンス」（一九七〇）

Donald Barthelme,

“Sentence”

「文章《センテンス》」が語る

作家には二つのタイプがある。ひとつはヘミングウェイのようにハードボイルド風の簡潔な文体《スタイル》でサクサクと書き進めていくタイプ。対照的にもう一方は、フォークナーのように長くうねるような文体で、いわゆる人間心理の深層に食い込んでいくタイプ。批評家でいえば、言語哲学の第一人者ルートヴィッヒ・ヴィトゲンシュタイン（Ludwig Wittgenstein, 1889-1951）は前者のタイプ。脱構築の巨人ジャック・デリダは後者に属す。

ポストモダニズムの作家はどうだろうか。わかりやすい散文を書くという意味では、バースはヘミングウェイ・タイプだが、メタフィクション的な歴史改変小説『酔いどれ草の仲買人』などを読むと、単純にそうとも言い切れない。一方、フォークナーのようなタイプということなら、バースと双璧を張ったピンチョンが思い浮かびはするものの、小気味良い口語体を特徴とする文体からは、別の側面も感じられる。

では、バーセルミはどうだろう。『雪白姫』（*Snow White*, 1967）や『死父』（*The Dead Father*, 1975）のように比較的長めの小説もあるが、切れの良い文体の短編を数多く残した。テキサス州ヒューストンをこよなく愛したこの作家は、ヘミングウェイ・タイプといえようか。

そのバーセルミが一九七〇年、文芸誌『ニューヨーカー』（*The New Yorker*）三月七日号に掲載した短編「センテンス」（“Sentence.”）は、総字数二五〇〇語余りの超短編。その特徴は短いだけではない。「あるいは」（“Or.”）ではじまる短編冒頭の「文章」は、この物語がラテン語でいう「イン・メディアス・レス」（"in medias res"）であることを示す。その意味は、語りがすでにはじまっているということ。中途からはじまる物語だということ。

つまり「センテンス」とは、人生のように長い出来事の一部を切り取った部分を表す物語。もしくは、作品という枠には収まりきらない、より大きな物語の一部といえる。その出だしはいささか唐突で、しかも抽象的な印象を与える。

> あるいは　長い文章が一定のペースで頁を下に向かって動いていく——必ずしもこの頁でなくとも　別のページの下に向かって——そこで文章は一息つくか　しばらく立ち止まって　その文章自体の（一時的な）存在によって提起された質問について考えるのだが……（289/119）

ここでバーセルミが示すのは、途中からはじまる「文章」が自らのことを語る様子。「文章」が「文章」について語るのだから、自己内省的なメタフィクションの変異形といえる。バースは「夜の海の旅」で、精子という人間以前のミクロな存在を「語り手」として登場させたが、「センテンス」の語り手は「文章」そのもの。有機的な生命体が語るのではなく、文体そのものが有機的に語る。つまり言語が語る物語。バースは評論「物語の中の物語の中の物語」（"Tales within Tales within Tales," 1981）で、ツヴェタン・トドロフ（Tzvetan Todolov, 1939-2017）の言語理論に言及し、語りの文章が「ほかになにを語ろうとも、それはいつでも言語についてであり、語りについてであり、「語り」そのものについてである」と述べたが、これを地で行くのが「センテンス」におけるバーセルミだ（236/348）。

「レス・イズ・モア」

ここからわかることは、たとえそれが主題であろうと主人公であろうと、あるいは物語の語り手であろうとなんであろうと、過剰ないしは余分だと感じられるものはすべて削ぎ落としていくのが、バーセルミ流の文学だということ。文章そのものが作品なのだから、ほかになにも必要ない。だからこそ、一九八九年、五八歳で永逝《えいせい》したバーセルミを悼んだバースは、彼を「哲学好きの男女のためのミニマリスト」と呼び、バーセルミ作品の特徴を「レス・イズ・モア」と表現した（"Thinking Man's Minimalist" 9）。

一般的にミニマリズムもしくはミニマリスト文学とは、一九八〇年代にアメリカで流行した文学トレンドを指す。しかし、その語源を辿ると、二〇世紀初頭に急進的なマルクス主義者に反対しつつも、ロシアの社会主義革命を支えた穏健派を指すのに用いられたことに端を発す。必要最小限の改革をもって社会・政治の変化を成し遂げようとした活動家を「ミニマリスト」と呼んだ。この歴史ある言葉が、一九五〇年代芸術の世界でも使われるようになり、美術、音楽、そして建築学において無駄を排した非装飾的なスタイルをミニマリズムと呼ぶようになった。

文学においては一九五七年、スイスの作家ロベルト・ヴァルザー（Robert Walser, 1878-1956）が、ベケットを「ミニマリスト」と称したのが知られる。また一九六七年、『アート・マガジン』誌（*Art Magazine*）三月号の特集「ミニマルな未来？」（"A Minimal Future?"）では、ニューヨーク在住の詩人・美術評論家のジョン・ペロー（John Perreault, 1937-2015）が、新しい工業材を用いて制作に取り組む彫刻家を「ミニマリスト」と呼んだ。ペローは翌年『ヴィレッジ・ヴォイス』紙（*The Village Voice*）で、この流行が長く続くことを予見した。

このように芸術用語として二〇世紀半ばまでに定着していた「ミニマリスト」、もしくは「ミニマリズム」という言葉だが、当時と一九八〇年代では同じ用語でも意味するところは大きく異なる。文学でいえば、極限にまで無駄を削ぎ落とした文体を特徴とする後期ベケットのような文学をミニマリズムと呼んだのがはじまりだった。しかし、一九八〇年代にはシンプルで読みやすい文体で表現され、日常的な喜怒哀楽を描く短編小説の呼称として使われるようになった。

なかでもロナルド・レーガン政権期における消費文化全盛の時代、ソファでポテトチップをほおばり、テレビを見ながら余暇をくつろぐカウチポテト族の日常を描いた超短編が、典型的なミニマリズムの文学と呼ばれた。レイモンド・カーヴァーの『大聖堂』（*Cathedral*, 1983）、アン・ビーティー（Anne Beattie, 1947-）の『燃える家』（*The Burning House*, 1982）、バーセルミの兄フレデリック・バーセルミ（Frederick Barthelme, 1943-）の『ムーン・デラックス』（*Moon Deluxe*, 1983）等に収録された作品がそれにあたる。

この新しいアメリカ文学の登場についてバースは、一九八六年『ニューヨーク・タイムズ』紙に寄稿した評論「ミニマリズム寸評」（"A Few Words about Minimalism"）で、重厚かつ難解なポストモダニズム文学に対する反動、ないしは反駁であることを指摘。単に長さが短いというだけではなく、「徹底したリアリズム」的指向をもつ文学と評した（A1）。

書くことと日常

この新しい文学トレンドとなったミニマリズムのなかで、バーセルミの作品はどのように評価されたのだろうか。一九六〇年代後半から一九七〇年代にかけて、『雪白姫』や『死父』のように自己内省的なメタフィクションを描き、ポストモダニズムを代表するアメリカ作家のひとりと見なされたのがバーセルミだ。「センテンス」のような超短編小説でも、ヴィトゲンシュタインを想起させる思弁的な言語意識と、ベケット流の文体論的形式美を追求するなど、レーガン時代のミニマリズムからはほど遠く、元来の意味での「ミニマリスト」に近い。「ミニマリズム寸評」で「センテンス」に言及したバースも、この短編が流行りのミニマリズム文学とは、「描く題材、対象物の捉え方、そこから生まれる雰囲気に違いがある」ことを指摘している（"A Few Words about Minimalism" A1）。

一方、バーセルミ本人はといえば、抽象度の高い言語芸術と自らの作品との間に一線を引くような発言を繰り返した。たとえば、批評家ラリー・マッキャフリー（Larry McCaffery, 1946-）とのインタビューでは、前衛的なコンセプチュアル・アートのことを「不毛」だと述べたばかりか、形式美にこだわる言語実験を繰り返すコンクリート・ポエトリーと呼ばれる前衛的な詩についても、「繰り返しおこなわれるべきではない」と批判的なコメントを残している（McCaffery 266）。

これに反して、「作家になることは、ヘミングウェイがそうだったように、ジャーナリストのように働くことだと思っていた」と発言するなど、リアリズム的描写を特徴とする文学には好意的な姿勢を示した（263）。学生時代に地元新聞社で働き、朝鮮戦争では軍の新聞で編集者を務め、その後再び『ヒューストン・ポスト』紙で記事を書いたバーセルミにとって、言語と世界はつねに密接なつながりをもっていた。

実際「センテンス」でも、ひとたび語り手たる「文章」が軌道に乗りだすや、それまで抽象的だった表現が、突然現実世界の描写に転じて、ある夫婦が送る平凡な日常を描きはじめる。

> あるいはその文章は　そのページを（一時的に）心のなかに　なんとなく抱きしめていたのだが　その心から抜け落ちてしまうと　そもそも抱擁といっても　必ずしも情熱的に抱きしめるわけではなく　寝起きの妻が　朝　バスルームに髪の毛を洗いに行くときに　急に夫に出くわした際に　楽しむ（というより耐え忍ぶ）ような抱擁に近いのだけれど　夫は朝食のテーブルで新聞を読みながらゆったりとくつろいでいたので　妻が寝室から出てくるのがわからず　それでも妻にぶつかって　あるいはぶつかられて　両手を挙げて妻を軽く一時的に抱きしめ……（289/119）

このように「文章」が語るという抽象度の高い作品を書きながらも、バーセルミは「文章」を途切れさせることなく、いつのまにか日常風景の描写に移行する。なぜなら「文章」が躍動するのは日常を描くからであり、バーセルミ自身が言うように、「チキンバーベキューのようなありきたりの日常のなかにこそ、本来の喜びがある」からだ（Akst par. 6)。「ミニマリズム寸評」で、バースはポストモダニズム的な難解さとミニマリズムがもつ日常性が決して相反するものではないと述べ、「両者の間には、数え切れないほどの組み合わせと連携がある」と指摘した（“A Few Words about Minimalism” A1)。そこで意識されていたのは、バーセルミの存在だったに違いない。

言語の身体性

このように「センテンス」とは、ポストモダニズムとミニマリズムの特徴が融合し、自己内省的な文体と日常的な描写が絡み合い、巧みにバランスを取りながら新たな軌道を描く作品だった。そこでは「文章」が刻々と変化する日常と出会い、それを表現する。この言語の動きを通じて、自己内省的な意識が「文章」のなかに芽生え、自らが描く日常世界を通り過ぎていく。

……ＦＭラジオで流れるロックバンドのいかした音《サウンド》を熱心に聴いているときに　君に向かって話しかける誰かの言葉のように　文章は心のなかを這うようにして進んでいく……（289/120)

また、バーセルミは言葉がもつ質感に触れることを意識する。その様子は、画家がカンバスに塗る絵の具の質感を意識するのと似ている。つまりバーセルミにとって、言語とは絵の具のように物質性《マテリアリティ》を伴うものなのだ。よって絵の鑑賞者がカンバスの表面に広がる色の質感、あるいは存在感に触れるように、読者はバーセルミの言語をものとして捉え、そこからある種の衝動《インパクト》を受ける。マッキャフリーとのインタビューで、バーセルミが劇場という行為遂行的《パフォーマティヴ》な芸術様式について語るとき、彼が意識していたのは言語が読者に与える衝動のことだった。

ステージ上の僕が突然一階席へ降りていき　君に膝蹴りをかますとしよう　君に膝蹴りをかます様子を書くのでもなければ膝を蹴られている君を絵にするのでもない　なぜなら君は膝に痛みを感じているのだから（265）

バーセルミがここで言っているのは、言語が書くという行為を通じて示す指示《レファレンス》機能のことでもなければ、芸術的な代理《リプレゼンテーション》＝表象のことでもない。それらはいずれも現実を概念に落とし込む抽象的な捨象行為であり、日常的な営みとは異なる。とはいえ、言語とは本質的に非＝物理的、すなわち形而上学的な媒体である。物質世界の実在性を超越し、推論や演繹に基づいた議論を重ねるのが、純粋言語が構築する形而上学的世界の特徴だ。そして、それを芸術に高めたのが文学といえる(1)。

ところが、バーセルミは言語媒体を用いながらも、その限界を越えて可能なかぎり身体的な衝動を読者に伝えようと試みる。だから、バーセルミが言う膝に感じる「痛み」とは、私たちに直接響いてくる行為遂行的な作用のことだ。それは言語芸術が本来持ち得ない演劇的《シアトリカル》な力のことであり、バーセルミはこの演劇的な力を「文章」を通じて読者に伝えようとする。

ヴィトゲンシュタインの「痛み」

この言語が読者に与える衝動の妥当性については、賛否両論あるだろう。確かに、身体的パフォーマンスから成る演劇とは異なり、言語には行為遂行的な力があるとは言い難い。一方で、バーセルミにとって言語とは、ヴィトゲンシュタインがいう言語化以前に私たちが得る「原初的な」感覚に近い。『哲学的探求』（*Philosophical Investigations*, 1958）において、ヴィトゲンシュタインは感覚を指す言葉の特殊性に注目し、次のように論じる。

> 人間はいかにして感覚を示す言葉の意味を知るのだろう。たとえば、「痛み」という言葉を例にしよう。ここで示される可能性は、言葉が原初的かつ自然な感覚表現と結びついており、その代用品として使われるということだ。子どもが怪我をして泣いている。すると大人は子どもにまずは叫び声を教え、次に言葉を教える。子どもに痛みに対する新しい行動表現を教えるのだ。（89e 244）

人は「痛み」を感じると、次にこれを言語化する。その感覚を示す言葉は、形式（表現）においても内容（意味）においても、必ずや抽象化されたものになる。だから、ヴィトゲンシュタインは「痛み」そのものと「痛み」を指し示す言葉が、まったく異なることを指摘する。

「ということは、『痛み』という言葉は、実際には泣くことを意味するのですか？」——とんでもない。痛みを指す言葉は、泣く行為に取って代わるのであり、それを表現するのではない。
(Ibid.)

動く言葉

現実世界と言語世界という決して交わることのない二つのシステムから成る並行世界《パラレルワールド》。これに対し、バーセルミは言葉がもつ行為遂行的機能——たとえば発話すること——を通じて、言語を今一度その発生現場に引き戻そうと試みる。いわば言語作用の逆回転であり、マッキャフリーが言うように、「現実の要素《エレメント》」を作品に取り込み「再構成」するプロセスにほかならない（265）。

たとえば、紙の上に記された文字が、あたかも有機的な生命体ででもあるかのように動く様子を、バーセルミは次のように描写する。

その間文章は［中略］ある場所から別の場所に向かってゆっくり移動し［中略］こっちに曲がり

あっちに曲がり　あそこの奇妙なかたちをした木の下になにがあるのかを見ては　ここにある想像力という雨樽のなかに映し出されるものを確認し　確かに自分たちが若かった頃には　短いパンチが効いた文章が一番だと教えられたのだけれど（でも、彼はどういうつもりで言ったのだろう　パンチが効いたというのは　激しいパンチで頭がふらふらという意味なのか　私が思うに彼が「短くパンチが効いた文章」と言ったのはきっと　君をめがけて攻撃する　できれば君の脳を血まみれにするような文章のつもりだったと　そして「パンチ」という語を辞書で引いて見ると「プンカ」という別の語が近くにあって　それはインドにある天井から吊り下げた大きな扇子のことで　従者が紐を引いて動かす——それこそ私が自分の文章に必要としているもので　いかした感じに冷やすってことだ！）……（291/122 強調筆者）

このように「文章」があちらこちらとテクスト上の空間を動き進むにつれて、その言語は語り手の内面を映し出すようになる。やがて一人称の「私」が「文章」の主語に取って代わり、語り手の役割を果たすようになる。ある批評家はこの様子を、作者たる意識が「自己［＝新しい自分］を生成する（と同時に自己［＝それまでの自分］を否定する）」と論じた（Johnson, Jr. 76）。それはバースが「フレームテイル」でメビウスの輪を用いて示した、反転する二次元的世界を演出する三次元的《フィジカル》なパフォーマンスに等しい——つまりメビウスの輪では、ひとつの平面（表）を先に向かって進むと、いつの間にかその同じ平面が別の平面（裏）になり、さらに進めばそれが元の平面（表）に戻る。これが永続的に繰り返されることで、テクストがもつ物質性《マテリアリティ》を読者は意識する。

一方「センテンス」では、「文章」が進むにつれて「私」という語り手が現れ、「私」が語っているうちに再び「文章」が語りはじめ、そしてまた「私」が語る。こうした語りの循環を繰り返すなかで、言語という媒体そのものがもつ質感や存在感を読者に意識させようというのがバーセルミの意図であり、「センテンス」という「文章」が語る物語が意味することなのだ。

無限の参照システム

こうして「センテンス」では、「文章」、もしくは言語が半自動的かつ半永久的に物語という言説を生産、さらには再生産し続ける。ときおり顔を出す一人称の「私」という語り手はその変異体にすぎない。つまり語る声は聞こえるものの、それは「文章」が発する声であり、固有の名前で指し示すことができる個性的な語り手は、この作品には存在しない。文章だけがうねるようにして進み、明確なはじまりもなければ、行き着くべき目的地もない。伝えるべき特別なメッセージもない。あるのはただ延々と続く「文章」のみ。よって、いわゆる作品解釈はほぼ意味をなさず、できることは作品に織り込まれたさまざまな暗示や言及を解きほぐすことのみ。

だからだろうか。バーセルミはこの作品に、さまざまなキーワードを挟み込む。フェミニストたちが展開した「ノーブラ」運動に話が及ぶこともあれば、レイノルズ・ラップというアメリカでは定番のアルミホイルのことやディズニー映画が言及されもする。

もちろん、歴史的な人物が引き合いに出されることもある。一九世紀イギリスのエドワード・ブルワー＝リットン（Edward Bulwer-Lytton, 1803-73）は、戯曲『リシュリュー』（*Richelieu; Or the Conspiracy*, 1839）で「ペンは剣よりも強し」の明言を残した文学者。政治家として植民地大臣を務め、大英帝国拡張の一翼を担った人物でもある。

また、フランスの奇術師ジャン・ウジェーヌ・ロベール＝ウーダン（Jean Eugène-Robert Houdin, 1805-71）は、鉢植えのオレンジの木に花を咲かせる『ファンタスティック・オレンジ・ツリー』（*The Fantastic Orange Tree*, 1845）（293/125）というパフォーマンスで、伝統的な奇術の世界に現代的なイリュージョンの礎を築いた。

そして、最も重要かつ曖昧なのは、「無秩序に広がる文章を矯正する方法をきっと見つけてくれるだろう」と「文章」が期待する「文章構築のエキスパート」ルートヴィヒだろう（294/127）。一見するとヴィトゲンシュタインのことを指すように思われるのだが、ワイマール共和国時代に設立された工業美術・建築系学校バウハウス（Bauhaus, 1919-33）やモダニズム建築の傑作テューゲンドハット・ハウス（Vila Tugendhat, 1928-30）への言及からすると、バウハウス第三代校長を務め、ナチス統制下で学校閉鎖に追い込まれたドイツの建築家ルートヴィヒ・ミース・ファン・デル・ローエ（Ludwig Mies van der Rohe, 1886-1969）を指すのかもしれない。

まるで腹話術のように「文章」がルートヴィヒの声を模してこう語る。

「残念ながら、バウハウスはもはや存在しない。かつてあそこで思索を深めた巨匠たちは誰もが死ぬか引退してしまった。そして、僕自身も警察官試験の参考書を作ることになってしまった。」(294/127)

この台詞、前半はミース・ファン・デル・ローエの声に聞こえるが、後半はヴィトゲンシュタインのパロディのようでもある。実はヴィトゲンシュタインには建築設計に携わっていた時期があり、ウィーンには姉マルガレーテ(Margarethe Stonborough-Wittgenstein, 1882-1958)のために設計した通称ヴィトゲンシュタイン＝ストーンボロー邸(Stonborough-Wittgenstein Haus, 1928)がある。ただし、一九二〇年代に建築に関わったウィトゲンシュタインとバウハウスの活動時期は重なる部分もあるが、直接の接点はないようだ。

そして、「文章」が最後に言及するのが、テューゲンドハット・ハウスのこと。機能的なデザインを特徴とするチェコにある実業家の邸宅は、一九三〇年に竣工した。建築も言語もともに人間が造る構築物であることから、二人のルートヴィヒが折り重なり、どちらのことを指しているのか判別できない。

そして　ルートヴィヒはテューゲンドハット・ハウスを通じて人造物の歴史に転げ落ちる　確かに失望すべきことだけど　おかげで文章自体も人が作ったものだということを思い出す　も

ちろん　私たちが望んだものではないけれど　それでも　文章は人造物だ　石がもつ堅牢さとは対照的に　脆弱さゆえに大切にされるべき構築物だ（294/127-8）

読者は「文章」が言及するさまざまなキーワードを追い、そのひとつひとつを理解するために、作品を離れた別の「文章」を参照することになる。「文章」が他の「文章」を呼び込むことによって生じる、無限に連なる参照のシステム。言語が構築する有機的なネットワークを示すこと。それが「センテンス」という作品がもつもうひとつの特徴だ。

自己言及的なテクストと読者の役割

フランスの批評家ロラン・バルト（Roland Barthes, 1915-80）は、評論「作者の死」（"The Death of the Author," 1967）において、いわゆる「作者」を「近代的な形象」と見なし、資本主義的なイデオロギーに支えられた概念だと論じた（142/80）。「作者」とは実在の人間ではなく観念論的な存在であり、記号として作品に付与されるものだという主張だ。資本主義という所有と消費から成る循環のシステムが、文学作品の「所有者《オーナー》」という特権的な立場を「作者」に与えてきたという（143/81）。

同時にバルトは、作家ステファヌ・マラルメ（Stéphane Mallarmé, 1842-98）を引き合いに、「テクスト」という概念を導入する。「テクスト」とは多種多様な言説の集合体で、そこに生じる異なる言説の組み合わせが、次から次へと新たな意味を生成する。「言語」自体がもつ自己言及的な特徴から、多様な可能性をもつ「テクスト」という意味場が生成される。そこには、作品の「書き手」である実在の作者が想定しなかった意味のつながりや、時代や社会の変化によって加わる新たな意味作用も含まれる。だから、バルトは物語を「所有」してきた「作者」の「死」を宣告した。

この考えに従えば、作品とは特定の人物によって所有されるものではない。そこにあるのは、外に向かって開かれた「テクスト」のみだ。そこでバルトは、「テクストとは、多数の文化から集められた、多様な書く行為《エクリチュール》から成るシステム」と述べる（148/88）。さらに、バルトは無数ともいえる引用のシステムとしてのテクストが収斂する「場」として「読者」の存在を取り上げる。これは「センテンス」という作品で多くのキーワード解釈を余儀なくされるバーセルミの読者の立場と等しい。バルトによれば、「読者とは、書かれたものを構成するすべての引用が、ひとつも失われることなく刻印される空間」なのだ（148/89）。

伝統的な物語では、作者が読者を引き込むために仕掛けるのが筋書きだった。筋書きは読者を魅了し、読者は作者が仕掛けた筋書きの意味を正しく解釈するための努力を惜しまなかった。一方「センテンス」では、「文章」そのものが筋書きだ。そして、「文章」という筋書きは、自己言及的に他の「文章」を参照し、開かれたテクスト空間を編み出す。この無限のテクストが展開される「場」として働くのが読者であり、その「場」を通じて読書という探求の行為が営まれる。「センテンス」における「文章」の自己生成行為とは、読者なくしては成立し得ないものなのだ。

冒頭のテーマに戻ろう。作家には二つのタイプがいる。ひとつはヘミングウェイのように簡潔な文体を特徴とするタイプ。もうひとつはフォークナーのように深層心理に食い込んでいくタイプ。冒頭ではバーセルミをヘミングウェイ的と述べたが、果たしてそうなのだろうか。

作品の長さ、もしくは短さは、作家の個性を示すものとして重要だが、そのことと文体的な特徴は必ずしも結びつかない。その傾向はとくにポストモダニズム文学で強く見られる。その理由は、ポストモダンの作家たちが言語のもつ自己言及的な機能をつねに意識して作品を書いてきたからだろう。言語が指示するのは、外部に存在する物体でもなければ、人々が心のなかに抱く感情や感覚でもない。それは言語というシステムそのものであり、いくつもの言葉が折り重なって編み出されるテクストなのだ。

* * *

だから、物語の語り手が「文章」そのものであるバーセルミの「センテンス」とは、ポストモダニズム文学がこだわってきた自己言及的な言語機能を最大限に活かした作品といえる。そしてバルト的にいえば、あらゆる言説が展開する「場」として、読者がそこで生じる意味のすべてを引き受ける「センテンス」とは、「作者」不在のテクスト行為——パフォーマンスとしてのテクスト——にほかならない。

第三章

集団的語りと語りの循環

ドナルド・バーセルミ『雪白姫』（一九六七）

Donald Barthelme,
Snow White

『雪白姫』――ポストモダンの演劇性

前章では短編「センテンス」を取り上げ、バーセルミの無駄を削ぎ落とした文体的特徴を見てきた。この章では、グリム兄弟のあまりに有名な童話『白雪姫』をパロディ化した『雪白姫』を取り上げる。その特徴は、一人称複数の語り手集団が展開する、なんともポルノグラフィックな物語。主人公の雪白姫と性的な関係をもつ七人の男たちが、交互に語り手役を担っていくのだが、そのアイデンティティは決して明かされず、誰のものともわからない語りの声は、つねに同質的であり均一化されている。女性という対象物《オブジェ》を交換しながら成立する男性中心的な共同体に対するアイロニーともいえる小説だ。

一方「センテンス」と同じように、バーセルミは『雪白姫』でも言語の演劇性や、視覚的効果を意識した表現を多用する。物語冒頭、雪白姫の身体に点在する「ほくろ」の位置を説明する場面では、「ほくろ」に模した点印《ドットマーク》が縦に並ぶ（3/5）。

●
●
●
●
●
●

文字で構成されるテクスト空間に挿入された図像《グラフィクス》がもつ物質的な存在感を利用した演出にほかならない。

また、この小説には細かい章立てがない代わりに、各エピソードをつなぐ扉のようなページがいくつもある。そこではプラカードに書かれた標語《スローガン》かビルボード上の広告のように、大文字・太字でお題が記される。最初の扉から。

「雪白姫の心理学——彼女が恐怖の対象とするのは、鏡、リンゴ、それに毒が塗られた櫛」（17/21）

『雪白姫』は断片的な不連続の語りから成る小説だが、大文字・太字から成る挿入部は、より一層断片化されたメッセージとして、小説の主題を視覚的に訴える。読者の感性に直接働きかける演劇性の高い手法といえる。

加えて、『雪白姫』批評では必ずや指摘される一部と二部の間に置かれた一五の質問項目から成る読者アンケートにも、演劇的な要素が見てとれる。ポストモダニズム文学における入れ子構造的な仕掛け、いわゆるチャイニーズボックスの典型でもあるこの挿入部は、読者に通常の読書にはない経験を与える。質問の多くは「はい」もしくは「いいえ」で答える単純なものだが、記述形式の質問もあり、筆記具を手に回答することが読者には期待される。

一般的に読書とは、文字を目で追う静的な行為だが、バースの「フレームテイル」が読者にページを切るなどの作業を求めたように、『雪白姫』のアンケートも、読者が本に文字を書き込むという身体的行為を要求する。読者が本という媒体の物質性を意識し、物語の語り手の背後に潜む作者の存在を認識する瞬間でもある。これもまた、『雪白姫』という小説がもつ演劇的な効果なのだ。

「浮遊する語り手」

このように演劇的な仕掛けを用い、伝統的な読書とは一味違う体験を読者に促す『雪白姫』だが、その英語タイトルはグリム兄弟の童話『白雪姫』と同じ『スノー・ホワイト』(*Snow White*)。グリム作品のパロディなのは明らかだが、その中身はといえば、図像的《グラフィック》なだけでなくポルノグラフィックなものでもある。小人役に相当するケビン、エドワード、ヒューバート、ヘンリー、クレム、ダン、それにリーダー格のビルという七人の男たちは、共同生活を送る雪白姫と性的な関係をもち、交互に雪白姫の物語を語る。(ただし、集団のリーダーにあたるビルだけは、なぜか雪白姫に近づこうとしない。この点については後述する。)

一方、『雪白姫』の語りの形式は独特で、一人称単数の「僕」が語るときもあれば、「僕たち」と集合的に語るときもある。また、それが「僕」であろうと複数の「僕たち」であろうと、当の語り手が誰なのかは特定できない。あるインタビューでバーセルミは、小説の「語り手は、雪白姫と同棲する男たち」だと言いつつも、それ以上のことは「わからない」と言葉を濁す。

七人の男たちの誰が語っているのかは知る術がない。また、語り手は頻繁に「僕たち」と語ることで、進行中の出来事に対して集団的な態度を示す。登場人物一人ひとりが独り言をつぶやくときがあるけれど、それがヒューバートなのか、ダンなのか、あるいはクレムなのかは特定

できない。(Interview with Ruas and Sherman 252)

この不明の語り手のことを、バーセルミは「浮遊する語り手」と呼ぶ。「浮遊する語り手」とはバーセルミ独特の言い回しだが、その特徴は「僕」であろうと「僕たち」であろうと、特定の誰かを指さない集合的な存在だという点だ。つまり『雪白姫』では、仲間から成る集合意識が語る。

だからバーセルミが言うように、「『雪白姫』に登場する男たちは、でたらめに集められたわけではない」。なによりも、七人の男たちには「共通の父親」がいて、深くつながっている。また、彼らが職業とする高層ビルの清掃やベビーフードの缶詰作りが、加えて雪白姫を――身体的にも物語的にも――共有することから生じる仲間意識が、男たちの集団を強く結びつける。バーセルミが掲げる七人の男たちがもつ三つの接点「共通の父、仕事上のつながり、それに雪白姫との同棲生活」は、現代社会の至るところで見られる男性中心的な関係性を示すものなのだ(254)。

集団の語りと分裂する意識

この男たちの語り手集団には、集合的な意識から離れた個人の視座も含まれる。そのことで、共同体内部には異なる声があることが、また集合的語りのなかにも個性が存在することが示唆される。チャールズ・ルアス(Charles Ruas, 1938-)がバーセルミとのインタビューで指摘するように、『雪白姫』では語りのなかに集合的な意識だけではなく、「分裂的《スキゾ》」な意識も表れる(Interview with Ruas and Sherman 253)。共同体とは集合的なだけではなく、その内部に存在する矛盾や分裂から対立構造を抱えるものなのだ。

　実際、バーセルミは共同体が抱える対立について、次のように指摘する。

> 現実に数多くの事例が示すように、共同体社会には対立がつきものだ。衝突を生じさせるような、やむにやまれぬ空気があることもある。共同体に関するさまざまな案件を読んだことがあるだろう。ある共同体がどのように崩壊したのか、あるいは共同体が生まれたばかりの頃はとてもハチャメチャだったけど、今やすべてがそろっているみないな話だ。(Ibid.)

　バーセルミが一人称単数と複数の語りを使い分けるのは、ひとつの共同体内部で起きているいくつもの異なった出来事を表現するのに便利だからだ。一人称複数の主語は、「カップルを指すこともあれば、軍隊を指すこともある」。「そこで起きる多様なドラマ」は、「僕」や「私」という個人の視点から表現されることもある (Ibid.)。

　だからバーセルミにとって、明確なアイデンティティをもつ語り手が存在しないことは、決して不利益なことではない。また、個人の視点が存在するからといって、共同体がもつ集団的な視座が壊れるわけでもない。むしろいくつもの異なる視点が存在するにもかかわらず全体性が支持され、共通のシステムが機能し続けることを担保するのが、バーセルミの「浮遊する語り手」の特徴だ。「共通の父」、「仕事上のつながり」、「雪白姫との同棲生活」を包含する語りが、意見の違いを乗り越えて、雪白姫を取り巻く共同体を形成する。

また場面ごとの語り手が不明で、複数の「僕」が匿名で語りを交代で担うからこそ、『雪白姫』という語りのシステムはむしろ円滑に循環する。仮に特定の個人が語れば、語りの視点が特異になり、物語がエキセントリックな方向に流れていく。しかし、「浮遊する語り手」が順番に語るのならば、語りの声は相対化し均一化する。「僕たち」という一人称複数の語りが示すのは、異質なものが混じり合いながらも、根本的には同一性が支配する男性的な世界の仕組みなのだ。

雪白姫の本音

その一方で、男たちに語られる雪白姫は、七人との関係に満足していない。「ビーバーカレッジ」で女性学を学んだという雪白姫には、「物質世界における男性支配」がしっくりこない(25/31, 131/163)。それでいて、グリム童話の別の女性主人公《ヒロイン》ラプンツェルのように窓から美しい黒髪を垂らし、理想の男が現れるのを待ち望みもする。その姿からはむしろロマンティックなお姫様願望すら感じられる。

「誰も登って来ないわ。そういうことなのね。私には面白くない時代みたい。生きている時代が悪かったわ。この人たちじゃだめ。ただ突っ立って、口を開けてぼんやり見つめているだけ。誰も登ってこないどころか、登ろうとすらしない。役目を果たすのよ。この世の中に王子様ひとりいないなんて。最低限の教養もないときたら、物語をきちっと終えることもできないわ。」(131-2/164)

つまり雪白姫の不満は、フェミニスト的なものというよりは、周囲の男たちの男性性《マスキュリニティ》の欠如から来るものだ。男たちが共同しなければシステムを維持できない世界には、もはや真の男らしさは存在しない。たとえば、物語前半のパーティーで、ヒューバートが雪白姫の股間に手を回してくる場面がある。このとき雪白姫が思うのは、「この男たち七人を足したところで、本当の男たちの二人分にしかならない」ということ。「この地球っていう半ば偽りに満ちた球体には、本当の男はもはやいないってことかも。」(41-2/51)。男性性が欠如する社会のなかで、バーセルミは意図的に色情症《ニンフォマニアック》的な役柄を雪白姫に与えているようだ。

語り手はピーピングトム?

ここで文学史を振り返れば、ロマン派的な物語では語り手とその語りの対象となる女性の間には、つねに一定の距離があった。たとえばホーソーンの『ブライズデイル・ロマンス』では、語り手のマイルズ・カヴァーデイルがゼノビアに強い関心を持ちながらも、決してその距離を縮めることができなかった。また、ジェイムズが「セントラル・インテリジェンス」と呼ぶ擬似的な三人称の語りを採用した短編「デイジー・ミラー」では、事実上語りの視点となるフレデリック・ウィンターボーンがデイジーに惹かれながらも、若いイタリア人男性ジョヴァネリとデイジーの関係を目前に為す術すらない。モダニズム文学においても、フィッツジェラルドの『グレート・ギャツビー』の語り手ニック・キャラウェイが、ギャツビーとデイジーの密会を手助けこそすれ、彼自身とデイジーとの間にはつねに距離が残った。

　このように文学の語り手は、たとえ恋心を寄せようとも、対象となる女性とは関係をもてないというのが、ロマン派時代からの一種の決まりだった。なぜなら語り手が語るには、同時に見るという役目を果たす必要があるからだ。対象となる女性の行動を観察するには、一定の距離が必要だ。自ら関係をもっては、語るに必要な観察眼が得られない。よって先にあげた物語の語り手たちは、すべて観察者でもある。対象となる人物や出来事をつぶさに観察するには距離が必要であり、よって物語の語り手は、禁欲的でなければならない。いわゆるピーピングトムはその究極の姿だ。

　ところが『雪白姫』では、雪白姫を取り巻く男たちが彼女と関係をもち、その関係性を軸に物語を語る。このロマン派的な規則の逸脱を可能にするのが、複数の語り手による語りの循環だ。語りが循環するということは、語りが進行しながらも、その役割を外れた語り手がいることを意味する。『雪白姫』は七人の語り手によって循環する物語なので、少なくとも六人の男たちは語るプロセスから外れ自由な行動を取ることができる。つまり、雪白姫との距離を遠慮なく縮めることができる。その間、語り手役の男は、その様子を観察して語る。語りの分業。複数の語り手が循環すると同時に、循環する語り手が語りの対象を交互に回す。雪白姫を対象――語りの対象であり、性的対象でもある――

にする男性中心的なシステムは、途切れ休むことなく機能する。

語り手失格

一方『雪白姫』では、伝統的な物語ならば語り手となり得た登場人物が受難に遭う。『白雪姫』の王子様役に相当する詩人ポールがそれにあたる。ポールとは、キリストの死後に信仰の道に入った伝道師パウロに由来する名前で、物語の語り手として働くに相応しい「血筋」にある(27/33)。しかし、ポールは執筆には欠かせない愛用タイプライターを七人の男たちに盗まれ、修道院での隠遁生活を余儀なくされると、やがて雪白姫を殺すために魔女役のジェーンが用意したウォッカを飲んで死んでしまう。

そのポールがタイプライターを盗まれる前に書いていたというのが改詠詩。英語では"palinode"と呼ぶ。「戻る」を意味するギリシア語源の"palinôidia"と叙情詩を意味するラテン語源の"ode"を組み合わせた詩の形式《ジャンル》だ。同系統の語で"palindrome"といえば「回文」。頭から読んでも後ろから読んでも同じになる言葉や句、もしくは文章を指す。例を挙げれば"mom"や"noon"といった単純なものから、"Was it a car or a cat I saw?"といった複雑な文章もある。

改詠詩に戻れば、詩人が過去に書いた不適切表現を撤回するための詩を指す。古代ギリシアの詩人ステシコロス(Stesichorus, c. 630-555 BC)らの著作が起源とされる。英文学では、ジェフリー・チョーサー(Geoffrey Chaucer, 1340s-1400)の代表作『カンタベリー物語』(*The Canterbury Tales*, c. 1400)の終わりに付された「撤回」(“Chaucer’s Retraction”)が有名。チョーサーは、信仰に背く下卑た表現をすべて撤回して許しを求めた。

『雪白姫』では、ポールがこの形式に「特別な魅力」を感じていることを告白する。しかし、「なにもかも撤回したい」というポールは、執筆道具のタイプライターを七人の男たちに盗まれ、ネヴァダの修道院での隠遁生活に入る(13/15)。そもそも改詠詩という特異な形式に関心を示すポールに、詩人としての創造力があるのかは疑問だが、それでも『雪白姫』の集団的語りを形成する七人の男たちが、ポールのタイプライターを盗むという筋立てはとても意図的だ。これをきっかけに詩人ポールは絶筆に追い込まれ、町を離れるのだから。

このエピソードからいえることは、雪白姫を取り巻く男たちの語りでは、個人の素質《ジーニアス》は無用だということ。語り手の個性が強ければ、語りの匿名性が失われ、集団的な語りは成立しない。だから、休暇で修道院から町に戻ったポールが、雪白姫を囲むパーティーに出席したときには、「飲み食いはもちろん、口をきくことも許されない」という規則が課された(116/144)。英語でパーティーとは、「宴会」を指すだけではなく「集団」や「仲間」を意味することから、ここでいうパーティーとは雪白姫を囲む語り手集団を指すと理解できる。『雪白姫』という語りの共同体では、個人が突出した声を挙げることは許されない。

のぞきのポール

規則によって語りの声を奪われたポールだが、観察者の役割はまだ残されている。しかも語りの役割を奪われている分、見る役割はむしろ強くなり、ピーピングトム的なのぞきの要素が強化される。物語後半、雪白姫の部屋を窓越しにのぞき見るポールは、こう独り言をつぶやく。

「この木の下から窓をのぞき込むことを思いついたのはラッキーだった。修道院から休暇をもらったのもラッキーだった。祭服の上ポケットに読書用のメガネを入れておいたのもラッキーだった。」（148/182）

ここでポールが語るのは登場人物のひとりとしてであり、だから彼の声はカギ括弧で括られている。語り手は別に存在し、ポールの声を記録する。もちろんその均質的な語りの声からは、七人の男たちの誰が語っているのかはわからない。

一方ポールは、自らが「のぞき」になった理由を、かつてスティックダンスにのめり込みながらも、ダンスの批評家に大切なスティックを批判されたことがきっかけだったと打ち明ける。

「奴はスティックダンスの批評家だった。僕のスティックのことを、こんなのは今じゃ誰も使っていないって言うんだ。流行りのスティックは、これよりもっと残酷だって言う。それとも、僕のスティックの方が残酷だって言っていたかも。とにかく良く憶えてないけど、残虐さがなんとかって言っていたと思う。それで僕は、うるさい、ほっといてくれって言ったんだ。若い頃から使っているスティックなんだからって。それで、奴はいなくなったんだけど、今度は自分でスティックが気にいらなくなった。なにせ、一流の目利きに見てもらったのは初めてだったから。それで僕はスティックを又貸しした。以来、それが原因で僕はのぞきも含めて、いろんなものになったんだよ」。（149/183）

スティックダンスとは、奴隷制時代のアメリカで黒人たちがプランテーションで踊ったダンスのことだ。奴隷に課された軍事練習から生まれたという説もあり、スティックは武器の代わりに用いられたともいう。ポールがそのような踊りに関心をもち、男の武器の象徴ともいえるスティックを譲り渡したという筋書きは、これもまた意図的だ。男性性を失ったポールが「のぞき」をするという話は、フロイト的な去勢言説を想起させる。

また、使いなれたスティックを「又貸し」したというポールの言葉から推測できるのは、そもそもスティックは借り物だったということ。つまり、スティックという武器に象徴される男性性は、ポールに備わる本質的な特徴ではなく、貸借可能な流動性の高いものだった。男性性を失ったポールは言う。「窓越しにのぞき見るのは素晴らしいことだ。僕の人生経験で、最も素晴らしい出来事だ。本当に素晴らしい」。そして、雪白姫を遠くから見るばかりのポールの様子を、語り手は皮肉たっぷりにこう述べる。「ポールは人間的なコミュニケーションの素晴らしさを、窓越しに味わっていた」(149/183)。

絵画の額縁と同じく、窓は世界を切り取るファインダーの役目を果たす。ポールはその枠を通して雪白姫に視点を合わせるのだが、同時に窓があるゆえに、直接彼女に話しかけることもできなければ、触れることもできない。つまり窓とは、媒体でもあれば境界でもある。また、七人の男たちが発する集団的な語りの声がなければ、ポールの言葉は誰にも伝わらない。なぜなら、語り手だけが描く対象を選別し、それを読者に伝えることができる。語り手という存在も物語という文学的枠組における媒体であり境界なのだ。

語る力を失ったポールは、のぞく行為を「人間的なコミュニケーション」と錯覚する。そして、伝統的な語り手に最も近い登場人物であったにもかかわらず、その倒錯的な性癖ゆえに物語から退場を余儀なくされる。ジェーンが雪白姫を殺すために用意したウォッカを代わりに飲んだポールは、あっけない最期を遂げるのだ。

もうひとりの語り手?

実は『雪白姫』を語る七人の集団のなかに、もうひとり伝統的な語り手に近い人物がいる。それはリーダー格のビルだ。しかし、バーセルミが言うように、この物語の語り手を特定することは難しい。なぜなら語り手の人物像に関する手がかりはなく、個々の語りを識別する個性もない。男性中心的な同一性に支えられた共同体が発する均質的な声が、『雪白姫』という物語の語りを特徴づけるのみだ。それでも、ビルが雪白姫との間に保つ距離感は、ロマン派の語り手を想起させる。雪白姫が不満気に漏らすように、ビルは彼女から身を引き、シャワールームでの関係も求めない。「リーダーのビルはなぜ最近、シャワールームのドアをノックしないのかしら」(34/41)。観察に必要な距離を、ビルは雪白姫との間に取っているのだろうか。

加えて、繰り返し指摘してきたように、『雪白姫』が男性中心の集団的かつ均質的な声から構成される物語だとすれば、個性溢れる語り手の存在は煩わしい。白雪姫の王子役に相当するポールには、際立つ個性があった。また、リーダー格のビルも、ほかの六人に比べ抜きん出た存在だった。『雪白姫』の集団的な語りのシステムでは、そのような個性は潰されなければならない。「確かに」とビルは言う。

「俺はグレートになりたかった。ただ、それには、お月様が向いていなかった。力強い言葉で語りかけたかった。でも、それには風もなければ、悲しみもなかった。」(51/63)

ビルには「リーダーシップ」への強いこだわりがあった。それが原因なのだろうか。やがて精神に不安をきたすと(cf. 62/76)、妄想に取り憑かれたかのように修道女が運転する黒塗りのワゴン車に追われていると思い込み、背後の車を振り切ろうとする。そんなときにもビルの頭をよぎるのは、

「リーダーシップ」のことだった。

「黒服を着て黒いステーション・ワゴンに乗っている、ただの女だろう。右のウインカーランプを出しながら、左に曲がるのにも意味はないはずだ。もう考えるのはやめよう。リーダーシップのことを考えるんだ。違う、リーダーシップのことを考えるのはやめよう。この角を右に曲がれば……だめだ、あの女も右に曲がる。」（71/86）

その後、ビルは金庫に預けるはずの大金を落とすという失態を犯してしまう（112/139）。語り手いわく、その損失はそれほど大きくはなかったが、「失われた心の落ち着きは深刻なものだった」（112/139）。また、「I・フォンデュとH・メートが運転するブルーのフォルクスワーゲンのフロントガラス」をビール瓶でぶち壊すことに執着した結果、ビルは大切な缶詰作り用の大樽の管理を怠たり、その火をうかつにも消してしまう（159/197）。

この事件により動揺を増したヘンリーら残りの男たちは、その「理由を確かめる」ための裁判を起こす（156/193）。「大樽殺害」の罪で法廷に現れたビルへの最初の質問は、やはり「リーダーシップ」に関するものだった。

「ビルさん、まず法廷の前でなぜ自分が偉大なのかもしれないという巨大な妄想を抱くに至ったのかを、自らの言葉で説明してください。その妄想によって、あなたはリーダーシップを得ると、リーダーであり続けようとしました。実際には、まったく能力がないという証拠が数多くあるにもかかわらず。」（159/197）

裁判の結果は絞首刑。雪白姫を取り巻く男たちによる一人称複数の語り手は、ビルの最期を次のように語る。

ビルは首を括られた。残念だ。僕たちのなかで絞首刑になったのは、ビルが初めてだ。本当に残念だ。でも、それが判決だった。ビルを吊すのは大変だった。人を絞首刑に処すのは、これが初めてだった。［中略］ビルは罪を犯したから刑に処された。罪があれば、絞首刑は免れない。ビルの罪は、大樽殺害と職務不履行によるものだった。（180/223）

このあと語り手は、新しいリーダーには「ビルの友達だったダン」がなることを、そしてビルの死により生じた欠員には、ジェーンの愛人でありながら雪白姫に恋をしたホーゴーが入ることを報告する。

僕たちはホーゴーをこの家に住ませることにした。彼はたぶん荒々しい男だ。けれど、良い意

味で荒々しい。それに大樽の管理は得意だ。ダンには、リーダーとして差し支えない程度の攻撃性がある。（180/223）

ダンもホーゴーも個性的ではあるものの、集団のなかに埋没する同質性を兼ね備えているようだ。共同体における一人称複数の語りにおいては、これほど大切なことはない。

一方で、語りの平穏を乱す怪しい動きがあれば、すぐにも刷新される。詩人の資質をもち、雪白姫をのぞき見るポールや、七人の男たちを仕切って「グレート」なリーダーになろうとしたビルが、相次いで物語から姿を消すのはそのためだ。システムが循環するには、余計な個性は無用だ。もちろん、共同体の一員として中心的な役割を果たしてきたビルの死は、一時的にではあるものの雪白姫を取り巻く男たちの集団にシステム障害を引き起こす。小説の最終ページに記されたスローガンからは、『雪白姫』という語りのシステムが初期化《リセット》され、新たな語りの循環がはじまることが読み取れる。

「雪白姫の尻《ケツ》が故障／雪白姫の再処女化／雪白姫の神格化／雪白姫が昇天／英雄たちは新たな原理を求めて出発／ハイホー」（181/225 強調筆者）

雪白姫は語るのか？

繰り返しになるが、『雪白姫』の語り手は、男たちから成る同質的な集団だ。女性登場人物は雪白姫らごく少数に限られ、その描写は現代の基準でいえば性差別《セクシスト》的と言わざるを得ない。また、登場人物には人種的多様性は見られない。

　こうしたポストモダニズム文学の傾向を捉え、過去にはサクヴァン・バーコヴィッチ編集で知られる『ケンブリッジ版アメリカ文学史』（*The Cambridge History of American Literature*, vol. 7, 1997）において、ウェンディー・スタイナー（Wendy Steiner, 1949-）が「ハイ・ポストモダニズム」批判を展開したことがある。その中身は、一九六〇年代から一九七〇年代にかけて隆盛をきわめたポストモダニズム文学には、形式や文体上の「技術的実験」を重視する傾向があり、その担い手は主として白人男性作家だったというものだ（431）。バース、ピンチョン、クーヴァー、バーセルミらがそのやり玉に挙げられると、女性作家やマイノリティ作家への差別意識がこれらの書き手に内在する可能性も指摘された（cf. 442）。

　そういえば『雪白姫』には、雪白姫が「わいせつな詩」を書いている場面がある。男たちは偶然この詩の存在を知るのだが、雪白姫は決してこれを彼らに見せようとはしない。

> 「そうさな、ちょっと見せてくれよ」と、僕らは言った。「だめ」と、彼女が答えた。「長さはどれくらいなんだい」と僕ら。「四ページよ、今のところ」と彼女。「四ページだって！」（11/13）

エピソードはひとまずこれで終わる。ただし、この詩の存在は男たちのあいだに、「まるで巨大な脱線した列車」のような影を落とす。だから男たちはこの詩のことを、後日改めて雪白姫に問い正す。「詩のことなんだけど」と僕らは言った。「韻を踏んでいるのかい。それとも自由詩なのかい？」「自由詩よ」と、雪白姫。「自由なのよ、自由、自由。」(59/72)

さらに雪白姫は、詩のテーマが「他者の視線に対して、武装して身構える自己の隠喩」だと発言。男たちは七人の語り手に囲まれて暮らす雪白姫が置かれた状況をここに読みとり、「なぜこの家で、僕たちと住み続けているのか」と詰問を続ける。雪白姫は一瞬の沈黙の後、「想像力がうまく働いていないから」と答えはするものの、次に「わたしの想像力は目覚めたのよ」と訴える。

「まるでずっと眠っていた株式証券が、新しい投資家の関心から、緑色の金庫のなかで突然生き返るみたいに、わたしの想像力が目覚めたのよ。気をつけたほうがいいわ。」(59-60/73)

男たちもこの雪白姫の発言には「なにかがおかしい」と不安を感じるばかり(60/73)。雪白姫の書く「わいせつな詩」が、男性中心的な語りの循環を脅かす可能性が示されたのだから、落ち着いてはいられない。

ただし、雪白姫の詩が実際に披露されることはない。また、彼女の「語り」が男たちの「語り」

を遮断することもない。このエピソードを例に、バーセルミを反父権的なフェミニスト作家だと見なす批評もあるが、それには慎重にならざるを得ない。(1) むしろスタイナーが言うように、バーセルミら実験的なポストモダニズム作家のジェンダー観は、現代の基準には必ずしも合致しない。

　それでも男性的な視点から描かれるばかりだった女性ヒロインが、「想像力」の覚醒を訴え、男性中心的な語り手集団に警告を発したことには意味がある。雪白姫の書き手としての行為主体性《エージェンシー》が垣間見られた瞬間とは言えるのかもしれない。一九六〇年代ポストモダニズムにおけるジェンダー観については、本書最終章でル＝グィンの『闇の左手』を例に改めて論じる。

第四章

半死の語り手

ロバート・クーヴァー「歩行者事故」（一九六九）

Robert Coover,
"A Pedestrian Accident"

メタフィクションからハイパーフィクションまで

「人はフィクションを糧に生きている」との言葉で知られ、つねに先進的な作品を著してきたのは、九〇歳を超える現在も創作活動を続けるロバート・クーヴァーだ（McCafferey "Robert Coover" 50）。初期長編の代表作『ユニヴァーサル野球協会』（*The Universal Baseball Association, Inc., J. Henry Waugh, Prop.*, 1968）では、現実と空想の間に見られるメビウスの輪のようにねじれた関係を描くメタフィクションで、作家としての頭角を現した。また、ウォーターゲート事件後の一九七七年に出版された『公開火刑』（*Public Burning*）では、赤狩りの一九五〇年代を舞台に冷戦期アメリカの政治ショーをシニカルに再現した。

一方、デジタルメディアの黎明期だった一九九〇年代には、「ハイパーフィクション」と呼ばれるコンピューターを用いた小説技法を提案した。当時教鞭を執っていたボストン大学では、「ケイヴ」（CAVE）と呼ばれる電脳クリエイティヴ・ライティング・プログラムを主催。学際的な技術を導入しての文学実験には、多くの若手が集った。今から見れば大仰な二メートル半四方の立体型コンピューター装置の内部で、ヘッドセットを装着しながら「物語」を体験するという仕掛けは、「ホットメディア」として注目を浴びた[1]。

とはいえ、このむしろ伝統的なポストモダニズムの作家が、自らハイパーフィクションを著すことはなく、紙媒体での執筆を続けて今日に至る。進取の精神に富みながらも、あくまで「書く」ことにこだわるのがクーヴァーという作家の本質なのだ。

プリックソングとデスカント

そのクーヴァーがデビュー間もない一九六九年に出版したのが、『プリックソングとデスカント』(*Pricksongs & Descants*) という奇妙なタイトルの短篇集だ。「プリックソング」と「デスカント」という二つの単語は、古くからの「音楽用語」で、「プリックソング」は記譜された楽曲を意味する (Gado 150)。つまり楽譜を読みながら再現する曲のことで、暗唱歌ではない。また「プリック」とは、細い針のような鋭利なもので刺したときにできる小さな穴のこと。転じて野ウサギが残す「足跡」や「音符」の意味をもつ。同時に武器のように先の尖った「道具」を指すことから、刺激を与える突起物のことやペン代わりに使う鳥の羽、さらにスラングでは男性器や「嫌な奴」を指すこともある。(2)

加えて、「プリックソング」には対位法的な旋律という意味もある。これは「デスカント」がもつ意味と重なる。「デスカント」とは、「離す」を意味するラテン語の "dis" と「歌」を意味する "cantus" の組み合わせから成る語。つまり「離れた曲」。「決まった旋律に対して即興でつけるメロディー」という意味だ。この即興的な旋律は、低音部の主旋律に対して高音部で奏でる副旋律のこと。比喩的に「鳥のさえずり」を意味することもある (cf. *Oxford English Dictionary*)。

よって、クーヴァー自身認めるように、『プリックソングとデスカント』というタイトルは「やや冗長」だが、「ニュアンスの違い」はある。「楽曲が印刷される——ペン先などで刺すようにして音符を書き込む——物理的プロセス」から派生したのがプリックソング。一方、デスカントは「定旋律に対して異なる声《ヴォイス》がつくる変奏」に重きを置く（Gado 150）。

短篇集出版から四年後のフランク・ガド（Frank Gado, 1936-2022）とのインタビューで、クーヴァーはこう述べている。

初期のデスカントは、即興で演奏されたので、楽譜はありません。これが楽譜に書き留められるようになったときに、対位法という考えが生まれ、美しいハーモニーが誕生したのです。（151）

だから字義どおりに解釈すれば、記譜された音楽を指すのが「プリックソング」で、即興的な演奏が「デスカント」ということになる。言語でいえば「書き言葉」に相当するのが「プリックソング」で、「デスカント」は「話し言葉」といったところか。「書き言葉」と「話し言葉」が織りなす対照性を示すタイトルといえば聞こえがよい。

小説世界への入口――「ドア」

実際には、クーヴァーの意図はほかにもあった。同じインタビューで、短篇集のタイトルには「性的なニュアンス」もあることを明かしている。

男性的な基底音プリックの周囲にある女性的な装飾がデスカントなのです。よって、「『プリックソングとデスカント』というタイトルは」語りがもつ男性的な突き進む力とその周囲の叙情的な旋律を指します。(Gado 151)

プリックソングの「プリック」が男性器の隠喩ならば、「デスカント」とは「死《デス》」("death")と女性器を意味する隠語「カント」("cunt")の組み合わせでもある。この駄じゃれが披露されるのは、短篇集冒頭に収められた「ドア」("The Door")という作品において。わずか七ページほどの作品には、「ある種のプロローグ」("A Prologue of Sorts")という意味ありげな副題もついている。

その短さにもかかわらず「ドア」は三部構成で、「ジャックと豆の木」をモチーフにする第一部、「美女と野獣」を念頭に書かれた第二部、そして「赤ずきん」をパロディ化した第三部から成る。また、美女の息子がジャック、ジャックの娘が赤ずきんという奇想天外な家族関係もほのめかされる。

簡単に三つのエピソードを紹介すれば、三人称の語りによる第一部では、巨人を退治したジャックのその後の人生が描かれる。そこでは、ジャック自身が巨人と化し、年頃の赤ずきんのことを心配しつつも、森で木を伐る平凡な生活を送る。エピソードの最後は、森に響くドアをノックする音。赤ずきんがジャックの母親、すなわちすでに年老いた美女の小屋を訪ねていることを暗示する。

第二部では赤ずきんの祖母《グラニー》となった美女が一人称の視点から、失望だらけだった自らの人生を振り返る。結局、野獣は野獣で、「決して王子様になることはなかった」と愚痴をこぼしながらも、夫を「愛した」ことに変わりはなかったと言う美女(16, 17)。一方、その日彼女が待つのは、お土産を携えてくるはずの孫娘赤ずきん。ジェネレーションギャップから生じる二人の世界観の違いが明らかになる。

第三部は再び三人称の視点から、グラニーの小屋の前でぐずぐずしている赤ずきんの姿。ドアは半開き。周囲の森に響く斧の音は、父親のジャックが木を伐る音だろうか。最後は意を決し小屋に入る赤ずきん。第二部の祖母の語りでは、「昔から伝わる、死とカント《デスカント》とプリックソング《プリックソング》の歌」を口ずさみながら赤ずきんに近づく野獣の姿が描かれていた(16)。野獣は赤ずきんを襲うのだろうか。

批評家ルイス・マッキー(Louis Mackey, 1926-2004)が指摘したように、その副題にもかかわらず、「ドア」は短篇集の「プロローグ」として機能していない。「プロローグ」たるもの、本来ならば短篇集執筆の目的や構成・内容が簡潔に述べられるべきところ。しかし、「ドア」では異なる童話の主人公三人が現れると、原作にはなかった家族関係を取り結び、なにやら怪しげな話が展開される。「プリックソングとデスカントの話なのか、それとも死とカントとプリックの歌の話なのか——そして、その話がなにを伝えようとしているのか——新たな現実を知ることになるのか、それとも新たな幻想が明らかにされるのか」(115-6)。読者にはわからない。

確かなのは、クーヴァーが既存のおとぎ話を基底音に、デス＝カント的な副旋律を奏でようとしていること。これに一人称の語りと三人称の語りを交互に組み合わせることで、語りの特徴をわかりやすく示した。年老いた美女の語りは一人称ゆえに偏向していて、細かな感情の動きは伝わるものの、信ぴょう性には乏しい。一方、ジャックや赤ずきんを物語る三人称の語りは、いわゆる全能の語りで、登場人物の内面を見通す。

ただし、これが神のように絶対的な透視力をもつ語り手なのかといえば、それは違う。ジェイムズのセントラル・インテリジェンスのように、ジャックの物語も赤ずきんの物語も、実質的には主人公二人の視点を通じて語られる。というのも、ジャック、もしくは赤ずきんを主語にする三人称の文章を一人称で置き換えても、語りにはなんら支障は生じない。ならば、これを一人称ではなく三人称で語る意味はどこにあるのか。

三人称の語り手と瀕死のポール

この三人称の語りをめぐる問題については、短篇集後半に収められた「歩行者事故」(“A Pedestrian Accident”)を例に論じたい。この作品では、トラックに轢《ひ》かれた瀕《ひん》死の青年ポールの意識の流れが、三人称の視点から語られる。しかし、実際のところその語りの視座は、事故に遭ったポールの視線と合致する。語りの範囲《スコープ》は限られており、身動きひとつできないポールの周囲に集まる人々の言動のみが描写される。つまり物語は三人称で語られるが、実質的な語り手はポールなのだ。だからジャックや赤ずきんのエピソードと同じように、ポールを主語にする三人称の文章を、すべて一人称の「私」に置き換えても、この物語の内容はなにひとつ変わらない。

この語りの操作は、ロラン・バルトが「人称的なシステム」と呼んだもので、批評家ロバート・スコールズが、ヘミングウェイの短篇集『われらの時代』(*In Our Time*, 1924)に収められた「ひどく短い話」

("A Very Short Story") を例に実践して見せたものだ。

三人称の人称代名詞を一人称のそれに置き換えてテクストを書き直してみれば、目のまえにあるのが、バルトが「人称的なシステム」と呼ぶもの、つまり隠れた一人称の語りであるかどうかが判断できる。(Scholes 116/214)

「人称的なシステム」が意味するのは、目の前に展開される三人称の語りは見せかけだということ。本来ならば一人称で語られるべき物語に「疑似客観性」を付与するための「修辞的」な仕掛けなのだ(Scholes 117/217)。三人称で語ることで物語の信ぴょう性を担保したうえで、一人称の語りに見られる特異な視点や偏向を、修正することなく読者に伝えることができる。

「歩行者事故」では、この話法によってポールの視点から物語が展開される。警官や医師の質問には答えられず、身動きひとつできないポールは、語る力もすでに失っているといえる。また、仮に語ることができたとしても、時折意識を失うポールの話には、信ぴょう性が伴わない。そこで使われるのが、人称の置き換えだ。死にゆくポールの最期の物語を第三者の視点に置き換えることで、擬似的客観性を付して読者に伝える。これが「自動車事故」という短編の人称的な語りのシステムだ。

クーヴァーがこの「語り手」に与えた名前はポール。バーセルミが『雪白姫』で王子様役の詩人に当てたのと同じ名前だ。バーセルミのポールは毒リンゴを食べて死んでしまうが、クーヴァーのポールも死の直前にある。ポールとは聖パウロに派生する英語名。キリストの意志を継いで布教活動に専念し、新約聖書の一部を書いた聖人は、語る主体の象徴に相応しい。ポストモダニズム文学では、そのポールが相次いで生命を絶たれる、あるいは絶たれようとしている。そこにはどのような意味があるのだろうか。

以下、話を進めるにあたり、「歩行者事故」には日本語訳がないことを配慮し、あらすじ紹介からはじめたい。「人称的なシステム」が語りに与える効果を確かめるためにも、三人称のポールに一人称の「私」を並記した。

トラック運転手と警察官

トラックに轢かれたポール/私は、トレイラー部の車輪の下に挟まれ、首が折れて「強い痛み」を感じていた(183)。「頭と両肩以外はトラックの下」にあり、「きっと僕は生まれ変わろうとしている」のだと、ポール/私は自らに暗示をかけた。ポール/私の視界に入るのは、トラックの荷台に書かれた大文字の「K」と数字の「14」(184)。

そのとき誰かが近くで声を張り上げた。ポール/私を轢いたトラックの運転手だ。大袈裟な身振りで、周囲に集まってきた野次馬相手に同情を買おうとしている。

「紳士淑女の皆さんよ、聴いてくださいな。おいらはまじめなクリスチャン。安月給で働く真面目な男です。愛する妻と七人の子どもを育てる家庭的な人間です。それだっていうのに、こいつときたら、いきなりおいらのトラックの前に飛び出してきて、ぶつかったんですよ。」(185)

これには同情するものもいれば、ポール/私の味方になる者もいた。とにかく騒ぎは大きくなり、人だかりは増すばかり。

そこに現れたのは警官だった。まずは集まった人々を静めようと声をかける。「皆さん、お静かに。この人は怪我を負ってます。さあ、下がって、下がって」(185)。次に警官はポール/私に話かけた。しかし、いくら答えようとしても、死にかけたポール/私には、もはや言葉を発する力が残っていない。そこで警官は、トラックの運転手に聴取しようとしたが、これも上手くいかない。仕方なく警官は、人々の協力を呼びかけた。これに応じたのが、チャリティ・グランディという名前の太った赤毛の老女だった。派手な口紅をしているが、顔色は悪く、息は酒臭い(cf. 187-8)。ポール/私のことを「アモリー・ウェスターマン」と呼ぶと(187)、こともあろうか警官がはいていたズボンのジッパーを下げるなど下卑たいたずらをはじめた。(3) これに野次馬たちは大いに盛り上がる(cf. 189)。ポール/私は、警官とグランディのやり取りを「まるで本を読む」かのように聞き続けた(190)。

やがてグランディが言い出したのは、ポール/私が彼女の「愛人」だということ(191)。二人が出会ったのは一年ほど前。大きな収納箱《シーチェスト》を売りにきたポール/私ならぬアモリーを、グランディが家に誘い込むと関係がはじまった、とその老女は言う(191-2)。

「たしかに老いて太ってはいるし、人生の盛りも過ぎている」〔中略〕「たしかに初々しい花の香りはもう残ってない。」〔中略〕「それでも、どういうわけかこの可愛いチャリティと面と向かえば、彼のうぶな腰のあたりに、あの名付けようもない本能的な衝動が沸き起こってきて、あの小っちゃな……」

「はい、そこまで。」タイミング良く警官が叫んだ。「それで充分だ。」(193)。

再び轢かれるポール

それでも、グランディはアモリーとの一部始終を人々の前で語り尽くした。そこに割って入ってきたのがトラックの運転手。再び野次馬相手に同情を引こうと、同じ話を繰り返した。「紳士淑女の皆さんよ、聴いてくださいな。おいらはまじめなクリスチャン。安月給で働く真面目な男です……」。これに怒り出したのがグランディで、もっていたバッグを運転手の顔面めがけて振り回すと、これが直撃した。そして、野次馬に向かって決めの一言。「この子〔アモリー〕のあれったら、本当にすごいのよ!」(196)。これには喝采が上がり、投げ銭が降り注ぐ。グランディは警官の手をとり、お辞儀でこれに応えた。

次に医師が現れると、ポール/私の容体を確かめた。しかし、その重篤さに為す術もなく、警官に当たり散らしはじめる。一方、ポール/私はトラックの荷台に書かれた「K」という文字の続きが、

「I」であることに気づいた（198）。

ここでようやく警官が車輪の下からポール／私を救い出そうと、トラックの移動を命じた。しかし、前後の車輪に挟まれたポール／私のからだは、さらにもう一度別の車輪に轢かれることに。「なんてこった！　彼の両側に車輪があるなんて」と警官が声を上げると、医師は「あなたはこの人を殺そうとしているのです！」と警官を非難した（200強調原文）。ともあれトラックは動き、再度轢かれたポール／私は気を失った。

最期の瞬間

しばらくしてポール／私が目を覚ますと、グランディがまるで見世物小屋の入場料を徴収するかのように、集まる人々の前に立っていた。報道関係者が写真を撮りにきた。「有名人になりますよ」と、そのひとりが言う（201）。医師は警官にポール／私がもはや長くないことを告げると、踏み潰されたポール／私を見て言った。「まるで残り物のシチューみたいだ。ちっとも美味しくないだろう」（201）。そして、ポール／私に向かって言った。「死を受け入れたくないのはわかる。誰もが死ぬことに逆らおうとする。しかし、死は人生の一部なんだ」（202）。

警官と医師は、ポール／私に毛布を掛けた。最期の瞬間が近づく。一方、ポール／私が思うのは、トラックに轢かれたときにもっていたはずの本のこと。

彼［私］は本をもっていたのだろうか。もっていたとして、なんの本だったのだろう。本はどうなったのだろう。（203）

夜になった。野次馬もいなくなった。左手に停まっているトラックの存在に気づいたポール／私は、その荷台の文字が「一四色の魔法のＫＩＳＳ口紅」と書かれた広告であることを知った。次にポール／私が周囲を見ると、驚いたことにすぐ側に老人が座っていた。「きっと司祭様だろう。でも、服が変だ。いや、ただのボロじゃないか」（204）。

雨が降り出した。目に雨粒が入らないように、ポール／私はまぶたを閉じた。目を開けると、小さな野良犬がいた。「その犬は、ポール［私］の周りをぐるぐる回っていた。彼［私］には気付かないふりをしながら、あたりにあるものにはすべて鼻を寄せて、臭いを嗅いだ。そして一周するごとに、彼［私］との距離を縮めていった」（204）。

老人もまだそこにいた。「なにもせず、ただ座ったまま、足を組んで、じっとなにかを見ていた。もちろん……司祭様ではなかった。年老いた物乞いだった。彼［私］の服を目当てに、死ぬのを待っているのだ」。そして雨が降り続くなか、なにも変わることなく、ただ時だけが過ぎていった。静かにポール／私の死を待つ物乞い。さらに多くの野良犬が集まってきた。ポール／私は目を閉じて最期の瞬間を待った。「あとどれくらいこれが続くのだろう。彼［私］は思った。あとどれくらい？」（205）。

クーヴァーの不条理劇

以上が「歩行者事故」のあらすじだ。事故をテーマにした首尾一貫性のある物語が展開されるというよりは、身動きできないポールの視座を定点カメラにして、脈絡のないエピソードが次から次へと続く。

たとえば、ポールが気にするトラックの荷台に書かれた広告。グランディの真っ赤な口紅との連想も可能だろうが、直接の関係などもちろんない。また、ポールがこだわる荷台に書かれたアルファベットの「K」。文学史で「K」といえば、フランツ・カフカ（Franz Kafka, 1883-1924）のことを指すのが定番だ。クーヴァー自身、カフカからリアリズムの技法を学んだと公言するが（cf. Kunzru par. 10）、この「K」がカフカを指すとは言い難い。だとすれば、一九六〇年代に発達した消費主義と広告文化への揶揄《やゆ》と理解するのが、案外妥当なところかもしれない。巨大な産業が個人を押しつぶしていく隠喩として、ポールの事故を解釈すべきなのだろうか。

このように「歩行者事故」には、理路整然とは説明しにくいエピソードがいくつも含まれる。典型的なのが、色情狂を演じるチャリティ・グランディの存在。「慈善」を意味するチャリティという名前に付けられたグランディ（"grundy"）という苗字は、「口うるさい狭量な人間」を指す。瀕死のポールが口をきけないことに乗ずると、群衆相手に下ネタを披露し、小遣い稼ぎをする。その様子から、グランディが信用ならない女性であることがわかる。

加えて、この世の「不条理」をコミカルに演出するのもこの女性の役割だ。その一例が、アモリーを興奮させるために披露したというダンスの（つくり？）話。その内容がわいせつであることを予感した警官は「不条理だ！」と金切り声を上げ、グランディの話を止める（195強調原文）。これに怒った――ふりをする――老女の様子が次の引用。


「不条理ですって？」と、チャリティ・グランディは愕然《がくぜん》として叫んだ。「不条理ですって？わたしのダンスを不条理と呼ぶ？」

「いえ……その、そうとは……」

「グロテスクでしょ、きっと。そう、ちょっと怖いかも。でも不条理ですって？」グランディは警官の襟元をつかんで地面からもち上げた。「おい、この野郎、ダンスのなにがいけないってんだ。優雅な踊りにケチをつけるってのかい？」（Ibid.）

どこまでが本気で、どこからが演技なのか見当もつかないグランディの立ち居振る舞いには、警官だけではなく読者も当惑するだろう。

ほかにも「カルタゴ滅ぶべし」であるとか、「かくのごとく世界の栄光は過ぎ去りぬ」といったラテン語の豆知識を披露しつつ、「栄光《グロリア》」を「亀頭《グランディス》」と――わざと？――言い間違えるなど、わいせつな言葉で野次馬たちを喜ばせるのがグランディという女性だ（189）。ポールとの関係などあるわけもなく――おそらく面識すらないだろう――ただ機会に乗じて身銭を稼ぐ狡猾さを備える。結局、卑猥な話で日銭を得るのが目的なのか。

ベケットの影

一方、ポールは轢かれたときに「本」をもっていた（185）。ただし、瀕死の語り手の記憶は定かでなく、それがなんの本であったのか、轢かれた際にその本がどうなってしまったのかなど、わからないことばかりだ。もっとも、キリスト教の伝道者であるパウロから派生した名前をもつポールの本とくれば、聖書であるのが適当だ。そうならば「歩行者事故」とは、伝道者パウロが伝えようとしたキリスト教的な語りの終焉、すなわち目的論的終末論の終わりを予兆する物語ということになる。

なるほど、物語は後半に向かうにつれ、ベケット的な行き詰まり感を強くする。ベケットといえば、アイルランド出身の文人として、ポストモダニズム文学に多大な影響を与えた作家だ。戯曲『ゴドーを待ちながら』で知られる一方、小説や詩作でも類い希なる才能を発揮した。

そのベケットが書いた代表的小説といえば、『モロイ』（*Molloy*, 1951仏／1955英）、『マロウンは死ぬ』（*Malone Dies*, 1951仏／1956英）、『名づけえぬもの』（*The Unnamable*, 1953仏／1958英）のいわゆる三部作。内容的な関連は希薄な三作だが、ロマン派を起源とする現代小説の語りがいかに変化し、消滅に向かって減衰していくかをシュールに描きだす連作だった。

その第一作『モロイ』は、主人公の中年男性モロイが語る第一部と、そのモロイを調査する探偵モーランが語る第二部から成る。主人公の名前をタイトルとし、一人称の語り手二人が異なる視点から同じ物語を語るという設定は、モダニズム小説の構造を再現する。

しかし、モロイは生きる目的も存在の意義も喪失しかけた人物で、彼の語りにはなんのドラマ性もない。モロイのことを第三者的視点から語るはずのモーランも殺人を犯して狂気に陥るなど、語り手として物語を構築する資質に欠ける（詳細はコラム⑤「ベケットが描く語りの崩壊」を参照）。

次作『マロウンが死ぬ』では、死にゆく老人マロウンが語り手であると同時に主人公でもある。一人称による内的独白を特徴とするが、マロウンの支離滅裂な語りは、語り手の死とともに小説という文学形式の限界を暗示する。

そして『名づけえぬもの』では、誰とも知れない一人称の語り手が、モロイやマロウンについて語る。とはいえはっきりした筋書きをもたない物語において、語り手、というよりも語る声は、自分のことが誰だかもわからず、ただ語り続けるのみ。

ベケットにとってこれら三部作は、小説の筋書きや登場人物といった物語の構成要素を限界にまで削ぎ落とす文学実験だった。『モロイ』では語る目的を失った語り手が次第に狂気に陥り、『マロウンが死ぬ』では死にゆく語り手を描く。そして、語り手不在の『名づけえぬもの』では、誰のものともしれない声だけが、語りの空間にむなしく響き渡る。

総じて三部作は、小説という語りがキリスト教寓話から受け継いできた語ることの意義や終末論的目的に、疑問を付す役割を果たす。語りは目的を失い、さらに語り手そのものを失った語りに残るのは語る声と、それが物語である以上ただひたすら語らなければならないという強迫観念にもとづく虚無感のみ。だからベケットが描く物語では、理由なき終末感が不条理な雰囲気を醸し出し、それが語り手、もしくは語りの声を通じて読者に重くのしかかる。

ポールの運命

ベケットの三部作同様、「歩行者事故」の語りは終わりに向かう。その終わりがポールの死による終わりなのか、物語というジャンルの終わりなのか、それとも語る行為そのものの終わりなのか。いずれにせよポールが置かれた状況は、ベケットの語り手に酷似する。物語の主人公として身動きひとつできないポールは、すでに機能不全に陥っている。それでも一人称の語り手を主人公に据えることで、語りの崩壊を描いたベケットに対し、クーヴァーは語りの人称を三人称にすることで、ポールの物語に擬似的な客観性を与えた。だから、ポールはモロイやマロウンに比してひどく冷静であり、自分自身の終わりにあっても理性的ですらある。

つまり、バルト流の「人称的なシステム」による語り手を置き換える効果のおかげで、この短編の語りは最後まで破綻しない。むしろ、ベケット的な終末のモチーフを巧みに模倣することで、終末という概念そのものが骨抜きにされているかのような印象すらある。小説というジャンルの終焉を語りの崩壊を通じて演出したベケットの不条理を、クーヴァーはものともしないかのようだ。「歩行者事故」では、自分のダンスを「不条理」呼ばわりされたグランディが警官を怒鳴り散らした瞬間に、ベケット的な終末感が一蹴されたのかもしれない。だから、三人称の語りが終わりに向かって進むなか、ポールは冷静に自らが置かれた状況を観察する。「あとどれくらいこれが続くのだろう。［中略］あとどれくらい？」

目的に続き終わる術すら失いかけた物語でありながら、「歩行者事故」の語りは妙に軽い。終わりを気にするポールの冷静な問いに、正確な答えなどない。また、それに答えようとする必要すらない。それがベケット風の不条理という基底音《プリックソング》に、クーヴァーが付した副旋律《デスカント》なのだ。

第五章

Jorge Luis Borges,
"Funes, the Memorious"

記憶と語り

ホルヘ・ルイス・ボルヘス「記憶の人フネス」（一九四二）

記憶の話

ポストモダニズム研究の主要トピックのひとつといえば記憶だ。たとえば、ユダヤ系作家アート・スピーゲルマン（Art Spiegelman, 1948-）が両親のホロコースト体験を描いた『マウス』（*Maus*, 1980-91）というグラフィックノベルがある。この作品を取り上げ、批評家マリアンナ・ハーシュ（Marianne Hirsh, 1949-）は世代を越えて継承される記憶をポストメモリーと呼んだ。また、ノーベル賞作家トニ・モリソン（Toni Morrison, 1931-2019）は、奴隷制に起因する積年の苦しみに耐えてきたアフリカ系アメリカ人の身体に刻印された過去を再記憶《リメモリー》と呼んだ。そして、ベトナム戦争による激しい精神的外傷から生まれたトラウマ的記憶や身体的記憶《ボディーメモリー》を描くベトナム系難民作家たち。

こうした議論や表現は、人種や民族の壁を越えて人々の記憶をいかに継承し、伝え残すのかを目的とするものだ。文学のみならず社会学や政治学、さらには精神分析学の分野でも扱われることから、社会的な影響も大きい。

一方、本章で取り上げたいのは記憶と語りの関係だ。そもそも人はどのように記憶し、それを言葉として伝達するのか。ロマン主義であろうと、モダニズムやポストモダニズムであろうと、文学では記憶と語りはつねに密接な関係にあった。語り手はなにを記憶し、なにを語るのか。そもそも語る行為とは、語り手が描く筋書きに則った、記憶を取捨選択するプロセスにほかならない。だから、逆説的な言い方ではあるが、語り手が記憶のすべてを語ろうとすれば、物語というシステムは成立しない。必ずや破綻する。

そんな記憶と語りの関係をわずか一〇ページほどの短編「記憶の人フネス」("Funes, the Memorious" ["Funes el memorioso"] 1942) で描いたのが、南米アルゼンチンの代表的作家ボルヘスだった。この短編は北半球で戦争の嵐が吹き荒れていた一九四四年に刊行された『伝奇集』(*Ficciones*) 第二部『工匠集』(*Artifices* [*Artificios*]) の冒頭に収められた作品で、舞台は一九世紀末のウルグアイ。落馬事故をきっかけにカメラ的な知覚と記憶をもつようになった青年フネスを主人公とする。このフネスの物語を語るのは、匿名の一人称の語り手。かつてアルゼンチンから避暑で訪れた村で出会ったフネスの物語を、半世紀以上を経た二〇世紀半ばの時点から、記憶を頼りに再現＝再表しようとする。イメージとしては、薄れた記憶から青春の一コマを思い出そうとする老齢の語り手といったところ。

作者のボルヘスは世代的にはモダニズムの時代に属すが、ジョイスやベケットと同様にポストモダニズムの展開に大きな影響を与えた作家のひとり。マジックリアリズムと呼ばれる幻想的な作風を特徴とし、ポストモダニズムの作家が共有するテーマを先駆けて描いた。本章で扱う記憶と語りの関係もそのひとつだ。バースの評論「枯渇の文学」では、ボルヘス作品における「模倣」の文学が高く評価され、アメリカ文壇におけるボルヘス評価の礎となった。

ボルヘスは翻訳家としても活躍した。ポー、フォークナー、ウルフといった英語圏作家に加え、カフカ、ヘルマン・ヘッセ (Herrman Hesse, 1877-1962)、アンドレ・ジッド (André Gide, 1869-1951) といったヨーロッパ作家の翻訳も広く手がけた。さらに晩年には、古ノルド語で書かれた詩の教本『スノッリのエッダ』(*Snorri's Edda*, 1222?) を訳すなど、語学的にも多才な作家だった。「記憶の人フネス」

でも、ボルヘスならではのユニークな言語意識が披露されている。

「わたしは憶えている」

「記憶の人フネス」では、作品冒頭から一人称の語り手を通じて、「思い出す」という単語に注意が向けられる。「わたしは憶えている」（スペイン語では“Lo recuerdo”、英語で“I remember”）というフレーズが、繰り返し使われる。その「憶えている」という動詞に込められた特別な意味を、語り手は次のように説明する。

> わたしは彼のことを憶えている（わたしには、この幽霊のような動詞を使う権利などほとんどない。この世でそれに値する唯一の男は、死んでしまった。）（107/147 拙訳・強調筆者）

この訳文は英訳からの訳出で、「幽霊のような」と訳した“ghostly”という単語は、スペイン語原文では「神聖な」、あるいは「崇高な」という意味をもつ“sagrado”だ。つまり「神に関する」ということ。これを英訳者が「幽霊のような」と意訳したのは、誤訳といえる。しかし、誤訳だとしても、意図的な、あるいは意味のある誤訳のように思える。このことについては、のちに触れる。

この括弧内の文章を含む冒頭の段落で、語り手がフネスを「憶えている」という文章は実に六回。一方で、語り手がフネスに会ったのは、わずか三回にすぎない。最後に会ったのは一八八七年で、これはフネスが死ぬ二年前にあたる。語り手は少ない記憶を頼りに、フネスのことを最大限思い出そうとする。

このフネスを紹介するにあたり語り手がまず言及するのが、ペドロ・レアンドロ・イプーチェ（Pedro Leandro Ipuche, 1889-1976）という実在のウルグアイ詩人だ。語り手によれば、イプーチェはフネスを「超人の先駆的な存在、『荒くれた土着のツァラトゥストラ』」と評したことになっている（107-8/148）。ニーチェの超人思想への言及が、フネスの卓越性、超越性を表す。

歴史上のイプーチェは、ウルトライスモと呼ばれる超絶主義文学に貢献した文学者だった。ウルトライスモとは、南米におけるモダニズム運動にあたるモデルニスモ文学に対峙した前衛的な文学運動で、ボルヘスもこれに加わっていたことから、二人の間には親交があった。

一九二四年発行のウルトライスモ運動の文芸誌『プロア』（*Proa*）には、ボルヘスがイプーチェのガウチョ詩を取り上げた「イプーチェにおけるクレオール性」（"La criolledad en Ipuche"）が掲載されている。ガウチョとは、南米の草原地帯パンパを中心に牧畜生活を送るいわゆるカウボーイのこと。民衆のシンボルとして英雄視される彼らは、入植者のスペイン人と、先住民インディオの混血の人々。そこでボルヘスは、「クレオール性」をトピックにイプーチェの詩を論じた。

このイプーチェの例からもわかるように、ボルヘスの小説世界では、現実と虚構がメビウスの輪のように絡みあう。現代ならば「フェイク」とでも言われそうな手法が、「マジックリアリズム」という名の下に文学の可能性を広げた。

フネスとの出会い

話をフネスに戻せば、語り手はフネスとの出会いを思い起こし、次のように語る。

フネスについての最初の記憶はきわめて鮮やかである。八四年の三月か二月のあるたそがれどきの、彼の姿がまざまざと目に浮かぶ。（108/148）

場所はフライベントスに近いサンフランシスコと呼ばれるウルグアイの小さな町。父に連れられてアルゼンチンから避暑に訪れていた若き日の語り手が、小道で出会ったのが青年フネスだった。まだ落馬事故に遭う前だったが、すでに多くの奇癖で知られており、そのひとつが「いつでも時間を知っている」ことだった（108-9/150）。事実、語り手と一緒にいた従兄弟のベルナルドが時間を尋ねると、フネスは太陽の位置を確かめることもなく、「八時までには、まだ四分ありますよ」という正確な答えを返してきた（108/149）。

一方、語り手はといえば、フネスについては「きわめて鮮やか」に憶えていると言いつつも、この日のことを「三月か二月のあるたそがれどき」と記すなど、むしろ記憶はあいまいだ（108/148）。物語のハイライトとなるフネスとの会話についても、「現在ではもはや回復不可能な彼のことばを再生しようとは思わない」と、半世紀前の記憶を失ってしまったことを暗に告白する（111/154）。語り手が示す記憶の不確かさと、落馬事故が原因でフネスが獲得するあまりに精緻な記憶が成す対照性が、この作品の肝となる。

また、外国から避暑に訪れていた有閑階級の語り手は、つねに支配者的な態度でフネスに接した。フネスは、村の労働者階級の女性に生まれた私生児という設定。だから語り手が操る支配者の言語が、サバルタン階級に属すフネスの聞こえざる言語を操作するという構造が成り立つ。実際、フネスの物語はすべて語り手の言語のなかに絡め取られ、その信ぴょう性を読者が確かめる術はない。こうした状況のなかで、果たして読者は語り手の話を、どこまで信用できるのか。フネスの並外れた記憶は本当のことなのか。これは記憶を失った語り手の作り話ではないのか。

ともあれモダニズム文学ではありがちの信用ならない語り手が、次にフネスの村を訪れたのは、三年後の一八八七年のことだった。落馬事故が原因で、フネスはすでに不自由な身になっていた。それでも「自尊心」の強いフネスは、この「災難」をむしろ「幸運」だと吹聴していたという（109/151）。そのフネスの様子を、語り手はあたかも呼ばれざる侵入者のごとく、遠くからじっと観察する。

わたしは二度、永遠の幽閉者という状態をいっそう強調している、鉄格子の奥の彼を見かけた。一度目は、彼は目を閉じていて、身じろぎもしなかった。二度目は、やはり身じろぎもせずに、セメンシナの匂いの香る枝をぼんやり眺めていた。（109/151）

小説における語り手の仕事は、目の前の出来事を正確に伝える観察者の役割だ。しかし、この物語における観察の対象は、動けなくなったフネス。ロマン派小説の語り手が求めるような躍動する美や超絶的な崇高さを表現する活動的な主人公ではない。このことは、「記憶の人フネス」という作品が、いわゆるドラマ性に欠けていること、さらに語り手と主人公の関係が従来の小説とは異なることを示唆する。

もちろん、ほかにも主人公が動きを失った小説は存在する。前章で論じたクーヴァーの短編「歩行者事故」では、トラックに轢かれ動けなくなったポールが主人公だった。そのポールのカメラ的視点を、擬似的な三人称の語りが再現する。クーヴァーは、伝統的な小説ならば必ずスポットライトを浴びてきた主人公の役割を極小化する一方で、そこに語りの機能だけを残した。「歩行者事故」では、ポールは語り手として設定されていないが、物語のすべてがポールの目線から語られている。ほかに語り手として機能する人物もいないことから、この短編を語るのは、身体性を失った──「幽霊のような」──三人称化されたポールの声だといえる。

この見えない語り手の存在は、イギリスのモダニスト作家フォード・マドックス・フォード（Ford Madox Ford, 1873-1939）の格言、「小説家の目的は、読者に作者の存在を忘れさせること」を想起させる（76）。読者に本を読んでいることを忘れさせるくらい現実味《リアリティ》のある物語を提供するのが、作家たる作者の仕事という意味だ。「歩行者事故」でクーヴァーは、語り手が誰なのか、どのように語っているのかといった、語りに関する形而上学的な問いを背面に後退させることで、カメラ的視座をもつ主人公から見たドラマに息吹を与えた。

一方、ボルヘスの物語における不動の主人公フネスの役割は限定的だ。彼の優れた知覚力と記憶力からすれば、アルゼンチン人の語り手ではなくむしろフネスこそ物語を語るにふさわしい存在のように思える。しかし、フネスには自らの知覚や記憶を第三者に正確に伝える能力が欠けている（この点については、この後詳述する）。そこで語り手が、主人公フネスの記憶を代弁する。なぜなら、「記憶」（"memorize"）することと、「思い起こし」（"remember"）語ることは、相異なる別々の行為だからだ。

実際のところ「記憶の人フネス」では、フネスが「記憶」し、その記憶を語り手が後日「思い起こす」（＝「語る」）という役割分担が生じている。「記憶」することと「思い起こす」ことは、本来ならば語り手ひとりで担うべき仕事だが、ボルヘスはあえてこれを分業化する。語りの行為に内在する二つのプロセスを明確に示すためだ。

かつてロマン派の語り手は、主人公から距離をおいて観察（知覚）し、記憶し、それを思い出しながら物語を語った。しかし、ボルヘスが描く記憶のあいまいな語り手は、それをしない、あるいはできない。だからフネスに近づいて語る、もしくはフネスの近くで語る。もっとも語り手は、フネスから引き継いだ記憶を時間の経過とともに忘却し、あいまいにしか語り直すことができないのだが……。

ともあれ、「記憶の人フネス」で語り手と主人公の関係がきわめて密接かつ重要なのは、以上のような理由からだ。国籍も違えば階級も違う二人だが、文学的には双子のように強い結びつきをもつ。

そして、元来疎遠だった二人の距離を縮める役目を果たしたのが、ラテン語という古く難解な言語だった（109/151）。

ラテン語を学ぶ

歴史的にラテン語とは、現在のローマを中心とするイタリアのラティウム地方で話されていた言語を指す。古代ローマ帝国の公用語だったラテン語は、ローマ帝国が滅亡すると、カトリック教会の公用語としてヨーロッパ各地に広まった。そして、中世からルネサンス期にかけては、古典文学の素養を示す教養語として用いられた。たとえばトマス・モア（Thomas More, 1478-1535）の『ユートピア』（*Utopia*, 1516）やスピノザ（Baruch de Spinoza, 1632-1677）の『エチカ』（*Ethica*, 1661-75?）は、ラテン語で著わされた哲学書だ。

そのラテン語の特徴をひと言でいえば、いわゆる格変化を多用する屈折言語。規則性に富んだ言語として、動詞だけではなく、名詞や形容詞にも語形変化がある。よって、近世以降は知識人のための言語というイメージが定着した。「記憶の人フネス」では、語り手が「規則的な勉強」のために「多少の見栄も手伝って」、ラテン語学習には必須の文献を持ち歩く。フランスの文法家シャルル・フランソワ・ローモンド（Charles François Lhomond, 1727-94）の『著名人伝』（*De viris illustribus*, 1779）、フランスの文献学者ルイ・キシュラ（Lois Quicherat, 1799-1884）の『知識大全』（*Thesaurus poeticus linguae Latinae*, 1857）、古代ローマの政治家ユリウス・カエサル（Julius Caesar, 100 BC-44 BC）の

『ガリア戦記』（*Commentarii de Bello Gallico*, 58-49 BC）、古代ローマの文人プリニウス（Gaius Plinius Secundus, AD 23 or 24-79）の『博物誌』（*Naturalis historia*, AD 77?）がそれにあたる（109/151）。

村では入手困難なラテン語の文献を語り手がもっているという噂を聞きつけたフネスは、辞書と一冊の書物を借りたいと語り手に手紙を送る。語り手は、「難しいラテン語を習うのに辞書以外のものは必要ではないという［フネスの］考え方」に違和感を覚えつつも、キシュラの『詩文階梯』（*Gradus ad Parnassum*）と『博物誌』の第一巻を貸す（110/152）。知識人の見栄からなんとなくラテン語を学ぼうという語り手とは対照的に、辞書ひとつでラテン語を学ぼう――というよりむしろ記憶しよう――というフネスの姿勢から、彼が並外れた知性と記憶力の持ち主であることが窺われる。

語り手の言い訳《プリテクスト》

その後、父の危篤を受け、アルゼンチンに急きょ戻ることになった語り手は、貸していた書物を取りにフネスの家を訪れた。すると熱心にラテン語を暗唱するフネスの声が聞こえてくる。部屋に通された語り手は、ベッドの上の主人公と言葉を交わす。その様子を再現するにあたり、次のような前置き《プリテクスト》を読者に向ける。

今、わたしはこの物語のなかでもっとも難しい点を語ろうとしている。それというのも、ほぼ半世紀前に交わしたこの会話を除けば、わたしの話にはなんの意味もないからだ（読者はすでにそのことに気付いているだろうが)。今や取り戻すことのできないフネスの言葉を再生するつもりはない。イレネオ[フネスの名前]がわたしに語った多くの事を、真実に沿って要約したいと思う。(111/154 拙訳)

物語の中途で、語り手がこのような言い訳をするのは珍しい。それというのも、そもそも物語とは要約であり、物語るという行為は抽象的な捨象行為だからだ。意識的か否かはともかく、読者もこのことを多かれ少なかれ理解している。それにもかかわらず、語り手がわざわざこうした言い訳をするのは、フネスとの会話を自分自身の言語で置き換えているからだ。フネスの生の声は、語り手の書く物語には残存しない。

実際、物語であればカギ括弧を用いて再現される会話文も、この短編では語り手の裁量によって要約される。しかし、語り手自身認識しているように、それでは表現が「曖昧で弱々」しくなる。活き活きした会話を省略しては、本来語りにあるべき臨場感が失われ、「物語がもつ効果」が「台無し」になる。それでも語り手が間接表現を用いて会話の要旨のみを伝えようとするのは、フネスが話す文章が「途切れ途切れの接合文」だったからだ。語り手を「悩ます」ほど、フネスの言語は支離滅裂だったのか(111/154 拙訳)。

フネスの記憶

　では、フネスはなにを語り手に向かって話したのか。語り手によればフネスの話の内容は、「『博物誌』に記録されている驚くべき記憶の例」だったという。つまり、短期間のうちにフネスはラテン語を習得した、もしくは記憶していた。部下の兵士の名前をすべて記憶したペルシャ王キュロスや、ポントス帝国を支配し、その広大な地域で話される二二の言語すべてを習得し裁判を仕切ったミトリダテス六世、世界で初めて記憶術を考案したといわれる古代ギリシア詩人シモニデスを、フネスは次々と賞賛した。

　次にフネスが語り手に話したのは、落馬前にはなにひとつ「見ていて見えず、聞いていて聞こえず、すべてを、ほとんどすべてを忘れるという状態」だったということ。すべてが「夢」のようだったという。だから、落馬によって身体の自由を失ったものの、「絶対に間違いのない」記憶力を獲得したことに、フネスは満足感を示した（112/155）。

　この優れた記憶力を支えるのは、優れた知覚力だった。そもそも正確に物事を知覚できなければ、それを記憶することはできない。この点において、フネスは他人とは明らかに異なっていた。その様子を語り手はこう指摘する。

　　われわれはテーブルの上の三つのグラスをひと目で知覚する。フネスはひとつのぶどう棚の若芽、房、粒などのすべてを知覚する。彼は一八八二年四月三〇日の夜明けに、南の空に浮かんだ雲の形を知っていて、それを記憶のなかで、一度だけ見たスペインの革装の本の模様とくらべることができた。(112/155)

フネスはすべての夢を再現することもあれば、一日の出来事をそっくりそのまま語り直すこともあった。ただし、再現には「その都度まる一日を要した」。彼にはテレビカメラのように、すべてを繰り返し再現するだけの記憶力があったので、その再生には元の出来事と同じ長さの時間が必要だったのだ。いわば早回しのできないビデオレコーダーのような存在がフネスだった。だからフネス自らが理解しているように、彼の「**眠り**」は普通の人間の「**徹夜のようなもの**」だった。彼の記憶は「**ごみ捨て場**」のように、なにもかもが集積していく場所だった(112/156 強調原文)。

ロックの記憶論

ここで気になるのは、そもそも記憶とはどのような機能なのかということ。語り手も言及する一七世紀イギリスの哲学者ジョン・ロック(John Locke, 1632-1704)は、『人間知性論』の草稿(*An Essay Concerning Human Understanding*, 1689)において、人間の心を「タブラ・ラサ」、なにも刻まれていない石板にたとえた(cf. 冨田 47)。心とは「文字ひとつ書かれていない、いかなる観念も刻まれていない白紙」の状態なのだ。この白紙の上に「経験」を通じて生じた「理性や知識」が、「観念」として刻み込まれていくのだとロックは仮定する(Locke II. 1.2)。

問題は、この「観念」をいかにして保持するのかということ。ロックは「いかなる観念も、あらかじめ記憶としては存在しない」と主張する。つまり、すべての観念は心に宿された後、はじめて記憶として保管、そして蓄積される。この蓄積された観念が、後日記憶として再度知覚される。

思い起こすとは、記憶によってなにかを知覚することである。〔中略〕このことがなければ、心に浮かんでくるいかなる観念も新しいものであり、記憶として思い起こされることはない。〔中略〕過去に知覚されたことがない観念は、決して心のなかには存在しない。〔中略〕記憶によって想起される観念はすべて、あらかじめ意識のなかにあったものであり、それゆえに見ず知らずの観念ではない。(I. 3.21)

だから、記憶が記憶として機能するためには、それが既知のものである必要がある。本論冒頭でボルヘスの英訳者が、スペイン語原作で「憶えている」という動詞にかかる形容詞 "sagrado" を "ghostly" と意訳したことに触れたが、「憶えている」という行為は、「幽霊のように」心のどこかに沈殿していた記憶に改めて遭遇する現象に等しい。ロックが言うように、記憶とは「心に刻印された後に消えた、あるいは視界から外れた観念を甦らせる」プロセスなのだ(II. 10.2)。

一方、ボルヘスの語り手が言及するように、ロックは「個々の石、個々の鳥、個々の木の枝などが固有の名前を持つという、不可能な言語を仮定した」("Funes" 113/158)。ロックはこの伝説を即座に否定するのだが、哲学の世界ではこれを唯名論と呼ぶ。個別性重視のこの理論についてロックが論じるのは、『人間知性論』第三章冒頭だ。ロックは語彙の大半が汎用性の高い一般言語であることを指摘した上で、以下の三つの理由から唯名論の有効性を否定した。

第一の理由は、人間には唯名論を支えるだけの記憶力がないということ。「羊の群れの一頭一頭に個々の名前を与えず、頭上を飛び交うカラスに異なる名前を付与しない」のは、人の記憶が限られているからだ。また、仮に人間に充分な記憶力があったとしても、唯名論的なコミュニケーションは成立しない。なぜなら人によって経験は異なり、異なる経験からは異なる観念が生じる。すると、人が他者と共有できる語彙の数はおのずと限られ、効果的な言語伝達は難しくなる。最後の理由は、言語コミュニケーションが限定されれば、知識の蓄積は困難になり、技術等の発展に支障が生じるというもの（Locke II. 3.2-3）。人間社会の発展には、共通の記憶として共有される共通の観念が多く必要なのだ。

拡大する記憶と「直裁的な細部」

フネスもまた、唯名論には問題を感じていた。ただし、その理由はロックとは正反対で、唯名論的な言語世界が「あまりにも包括的で、あまりにも曖昧」だからだった。「あらゆる森の、あらゆる木の、あらゆる葉を記憶」するほど精緻な記憶の持ち主だったフネスにとって、唯名論はあまりに抽象的な言語システムだった。

一方、フネスは自らの過去を「七万ほどの記憶に要約して、あとで数字によって固定しようと決心した」のだが、それも諦めていた。なぜなら、「死のときを迎えても、幼年時代のすべての記憶さえ分類が終わっていないだろう」と想像するほど、フネスの記憶は細分化され蓄積していたからだ（"Funes" 114/158）。

ともあれ、このような特殊な記憶力をもつフネスは、すべての単語を「特別の記号、一種のマーク」として認識した（113/157）。それは数にも当てはまる。フネスは数のひとつひとつをそれぞれ別々のものとして知覚した。「七千十三のかわりに（たとえば）**マクシモ・ペレス**、七千十四のかわりに**鉄道**」という単語を用いて表現した（113/157 強調原文）。個々の事象をそれぞれ独立したものとして知覚するがゆえに、フネスにはひとつひとつの事象を表す別々の言葉や数が必要だった。

つまり、あまりに精緻な知覚と記憶を手にした代償として、フネスは事物を一般化し、抽象化する能力を失っていた。このことは、フネスには思考力が欠けていることを意味する。それというのも、語り手が言うように、「考えるということは、さまざまな相違を忘れること、一般化すること、抽象化すること」だからだ（115/160）。記憶と忘却が組み合わさって、はじめて人間の思考は機能する。

一方、思考力を欠いたフネスが知覚する世界には、「およそ直裁的な細部しか存在」しなかった（115/160 強調筆者）。たとえば、フネスには「さまざまな大きさや形をした多くの異なる個体」が、すべて「犬」と呼ばれることが理解できなかった（114/158）。「三時十四分の（横から眺めた）犬が、三時十五分の（前から眺めた）犬と同一の名前をもつこと」に納得がいかなかった（114/158-9）。ありとあらゆる現象を個別の事象として知覚するフネスは、いかなる細部も逃すことなく記憶していた。
そんなフネスの物語の最後はあっけない。「イレネオ・フネスは一八八九年、肺充血でこの世を去った」（115/160）。このわずか一文で、語り手はこの物語を閉じる。

ボルヘスとユダヤ

本章の冒頭でも触れたが、「記憶の人フネス」が発表されたのは一九四四年だ。執筆時期はそれより二年遡る一九四二年のこと。ヒトラーの台頭からはじまった第二次世界大戦による戦禍の火が、ヨーロッパで吹き荒れていた時期と重なる。南米アルゼンチンには直接の影響はなかったものの、一九三〇年にホセ・フェリクス・ウリブル（José Felix Uriburu, 1868-1932）のクーデターによる軍事政権が誕生して以降、ファシズム寄りの姿勢が明確になっていた。事実、大戦終結間際の一九四五年三月にドイツに宣戦布告するまでの長い間、アメリカからの政治圧力にもかかわらず、アルゼンチンは中立姿勢を貫いた。

このような時期に出版されたボルヘスの『伝記集』には、ナチスによって強制収容されたユダヤ人文筆家ヤロミール・フェラディークの処刑を描いた短編「隠された奇跡」（"The Secret Miracle," 1943）がある。また、ユダヤ律法会議ポドルスク代表のマルセロ・ヤルモリンスキー博士をはじめ三人のユダヤ人が殺害されるという反ユダヤ主義的な事件を扱った「死とコンパス」（"The Death and the Compass," 1942）という作品もあった。ヨーロッパで起きていたユダヤ人大量虐殺に、ボルヘスが強い関心をもっていた証だろう。

ボルヘスが早くから親ユダヤ的な姿勢を示していたことは、これまでもたびたび論じられてきた(cf. Aizenberg, Kristal, Stavans)。第一次世界大戦のさなか、家族とともに過ごしたジュネーブで、同世代のユダヤ人少年と親交を深めたのが、その一因といわれる。また、若き日のボルヘスはユダヤ神秘主義に傾倒するなど、ユダヤの伝統文化に強い関心をもっていた。ファシズムが台頭した一九三〇年代には、アルゼンチン国内の右翼系ジャーナリズムから「隠れユダヤ人」と非難されたこともある。これを逆手に「私はユダヤ人」("I, a Jew," 1934)というエッセイをリベラル系雑誌に寄稿すると、自らのユダヤ系出自を証明する根拠はないものの、「自分をユダヤ人であると思うことは、嫌なことではない」と明言した。ユダヤへの共感をより一層強く示したボルヘスだった(110)。

「永遠の幽閉者」

こうした背景を含めて、今一度「記憶の人フネス」を読み返せば、これが記憶の物語を介した、反全体主義の語りである可能性が見えてくる。

この物語において、フネスが示すカメラのような知覚と記憶は、必ずしも彼の卓越性を意味しない。むしろフネスには、誰もが理解する一般言語の運用能力に欠けている。だから、断片的かつ分裂《スキゾ》的なフネスの言葉を人々に伝えるために、翻訳者たるメッセンジャーが必要だった。その役割を担ったのが、一人称の語り手ということになる。

語り手は、フネスの細分化された記憶の言語を一般言語に翻訳する。その際、フネス自身の言葉は失われる。つまり、一般言語に翻訳された物語だけが残り、記憶の言語たる「原作《オリジナル》」はもはや存在しない。ドイツのユダヤ系歴史学者ヴァルター・ベンヤミン（Walter Benjamin, 1892-1940）の翻訳論に模して言えば、語り手が描くフネスの物語とは、原作なき翻訳作品、いわゆる「アフターライフ」（Benjamin 254）なのだ。よって、語り手とフネスが会話を交わした原風景に戻ろうとしても、読者は想像するよりほかに術がない(1)。

興味深いのは、語り手が描くフネスの置かれた状況だ。落馬事故が原因で「脚の自由を失った」フネスは、「粗末なベッドから動かず、［窓から見える庭の］奥のイチジクの木や蜘蛛の巣に目を据えながら暮らしていた」（"Funes" 112/155、109/151）。語り手がラテン語の本を取りにフネスの家を訪れたときにも、そこで目撃したのは、「永遠の幽閉者という状態をいっそう強調している、鉄格子の奥の［フネス］」の姿だった。この作品が第二次世界大戦中に書かれたものであることから、「鉄格子の奥」の「永遠の幽閉者」というフネスには、特別な含意を感じざるを得ない。

ただし、フネスの幽閉状態に語り手が言及するのは、ここだけだ。フネスの民族的出自についても、ウルグアイ人であるとしか記されていない。だから、あたかも囚われの身であるかのようなフネスの姿から、これをユダヤ人捕虜の代理＝表象であると見なすには根拠が乏しい。

それでも、この短編が収録された『伝記集』においてボルヘスが示すユダヤ的テーマを考慮すれば、フネスの幽閉状態が意味することを想像したくなる。すでに「序」で触れたが、かつてアドルノは「アウシュヴィッツ以後、詩を書くことは野蛮である」と述べ、第二次世界大戦後のユダヤ文化・文学の展開に大きな影響を与えた。アドルノがこのテーゼをもって意図したことは、戦時中ユダヤ人収容所内で起きた出来事がもはや一般言語の枠に収まりきらないということだった。つまり仮に生還した捕虜の記憶や経験でも、言語が細部を捨象する一般化作用を伴う装置である以上、決して言説化できないということだ。

ここで思い出されるのは、ホロコースト生存者の証言を中心に九時間半にも及ぶ長時間ドキュメンタリー『ショア』(*The Shoah*, 1985)を撮った、ユダヤ系フランス人映画監督クロード・ランズマン(Claude Lanzmann, 1925-2018)の言葉だ。生存者の証言をできうるかぎり編集することなくカメラに収めたランズマンが述べたのは、「人間の邪悪さといった[一般的な]概念や問題よりも、小さな細部にこそ真実がある」ということ。「細部が重要でなければ、映画などあり得ない」というのが、ランズマンの言わんとしたことだった(91-92)。

転じて、フネスの「およそ直裁的な細部」を知覚する記憶を言語化しようとすれば、同様の問題が生じる。実際、語り手が「記憶の人フネス」を物語化するにあたり直面するのはまさにこの問題だ。語り手はフネスの記憶を編集しながら、誰もが理解できる一般化された語りとして物語を再構築するが、それは結果的に同じ犬を異なる存在として認識するフネスの細部にわたる記憶と差異化の言語を捨象することにほかならない。同じ危険を回避しようと、ありのままの証言をフィルムに収めようとしたランズマンは次のように語っている。「『ショア』は一般化行為に対する挑戦なのです」(82)。

弔いの言説

とはいえ、ボルヘスの短編が示すように、一般言語に翻案せずして、個人固有の差異化された言語を伝達することは不可能だ。また、仮にその不可能性を前に語ることを諦め沈黙すれば、「永遠の幽閉者」たるフネスの記憶は、誰も知らない歴史のなかに忘却されてしまう。

そこで語り手が取った戦略は、フネスの希有な能力を悼むと同時に、それを語る自らの立場を弁明すること。「記憶の人フネス」は、夭逝《ようせい》したフネスに向けた追悼文であり、類い希な記憶をもったフネスの言語を正確に伝えることができない語り手自身の無力さに対する弁明《アポロギア》の書なのだ。

もっとも、語り手が悼むのは、フネスその人だけではない。失われることが運命づけられたフネスの記憶を悼むのであり、フネスの記憶に刻まれながらも他者に伝わることなく忘却された多くの出来事を悼む。また語り手が弁明するのは、自らの記憶があいまいだからではない。彼自身の語りの行為がフネスの記憶の大部分を捨象し、残された一部を抽象化してしまうからである。

「記憶の人フネス」とは、語り得ぬ記憶の消失を悼みつつ、一般言語に内在する抽象化のプロセスを自己内省的に顧みるモダニズム時代のメタフィクションなのだ。

第六章

語りのΔt

イタロ・カルヴィーノ「ティ・ゼロ」（一九六七）

Italo Calvino,
"Ti con zero"

ヨーロッパ発ポストモダン

カルヴィーノといえば、イタリアを代表するポストモダニズム文学の作家だ。その特徴は異次元的なユーモアと科学理論を応用した先進的な作風にある。生まれは一九二三年。ポストモダンの作家の多くは一九三〇年代生まれなので、年長の部類にはいる。イタリア人の両親の下、キューバで生まれた。二歳のときにイタリアに戻ると、第二次世界大戦時にはムッソリーニの統治下、ファシズムに走った祖国で、パルチザンと呼ばれるレジスタンス運動に参加した。戦後は出版社に勤めるかたわら、共産党員として活動したが、ソビエトのハンガリー侵略に幻滅し、一九五六年に脱党した。

作家デビューは、イタリア降伏から間もない一九四五年のこと。短編小説が文芸誌に掲載された。その後、パルチザン時代の経験から長編『くもの巣の小道』（*Il sentiero dei nidi di ragno*, 1947）を執筆。ネオレアリズモ文学の作家として注目を浴びたが、一九五〇年代に発表した『我々の祖先』三部作（*Il nostriantenati*, 1952-9）では、一転して幻想的な作風に変化した。

本章で扱う「ティ・ゼロ」（"Ti con zero"）は、一九六七年出版の短篇集『柔らかい月』（*Ti con zero*）第三部冒頭の一作。なんとも不思議なタイトルは時間を表すデルタ関数の記号で、語りをコマ割りで展開するという奇想天外な発想から書かれたメタフィクションだ。

不思議な語り手

そのいかにも科学的なタイトルの短編で、カルヴィーノが選んだ語り手は『レ・コスミコミケ』（*Le*

Cosmicomiche, 1965）に登場し、すでに読者にはお馴染みの Qfwfq。文字として知覚はできても、母音を含まないアルファベットの組み合わせから成るこの語を発音しようとしても言葉にならない。だから日本語訳でも、原作のアルファベット綴りがそのまま用いられている。アルファベットのひとつひとつは読めても、語として発音できない言葉には、カタカナを充てようにも充てられない。

『レ・コスミコミケ』には、語り手のライバルとして Kgwgk なる人物も登場する（「宇宙にしるしを」）。これもまた発音不可能な文字言語。文体論的にいえば、Qfwfq も Kgwgk も第三章で言及した「回文」にあたる。つまり、頭から読んでも後ろから読んでも同じになる言葉。ほかにも Vhd Vhd や Xthlx（「月の距離」）、Bブ'b お祖母ちゃん、ミスター・Hンw（「昼の誕生」）など、まともに読めない名前をもつ登場人物が次々と登場する。

この「語り手」Qfwfq については、一九六〇年代ポストモダニズム作家の多くが興味を示した熱力学の法則を暗示するとの見方もある。f をイコールと読み替えれば、Qfwfq は q = w = q。物理学で q は熱量（“heat quantity”）、w は仕事（“work”）を指すので、Qfwfq とは「熱機関」を意味する。実際カルヴィーノの語り手 Qfwfq は、宇宙と起源をともにする森羅万象のごとくあらゆるものに変化する存在として描かれる。熱力学の第二法則「エントロピー」をタイトルに作品を書いたピンチョンのような作家が現れた時代だっただけに、カルヴィーノが宇宙を巨大な熱機関に見立て、それを代弁する語り手を登場させたとしても、なんら不思議はない。

旧約聖書では、神の名ヤハウェを聖四文字と呼ばれるヘブライ語の子音“YHVH”の組み合わせで表した。その意図は神という絶対的な存在を人々が軽々しく口にできないようにするためだった。発音不可能なカルヴィーノの語り手が全宇宙的かつ始原的な存在だとすれば、Qfwfq とはポストモダニズムの時代に相応しい熱力学的な神のような存在と解釈できる。

永遠に続く一瞬の物語

その Qfwfq を三人称の語り手に据える「ティ・ゼロ」だが、ひと言でいえば Δt（デルタティー）の物語だ。Δt とは物理学で時間の経過を示す際に使われる記号。現在を t_0 だとすれば、次が t_1、その次が t_2 と時間は連続的かつ不可逆的に進行する。このとき経過した時間 Δt は、$t(n+1)-t_n$ の解として表される。イメージとしては画像のコマ送り、もしくはスプロケットと呼ばれる「映画フィルムのコマ」(106/145) にあたる。

ただし Qfwfq は、その比較を意図的に避ける。その理由は、ある瞬間が映画のスプロケットのように「それ自体で閉ざされ、他の瞬間との連絡がない」のだとすれば、その内容を明確化できないからだ。Qfwfq が描くライオン狩りを例にすると、フィルムの一コマに詰まった情報だけでは、その場面がいかに「ドラマティック」ではあっても、「視野」は限定的と言わざるを得ない。「その瞬間 t_0 において宇宙が包含する点をひとつ残らずすべて同時に考慮に入れる必要があるのであり、だとするとフィルムのコマとの比較などはやめた方がいい」(107/145-6 強調筆者)。後述するが、Qfwfq が描く世界は、むしろ宇宙規模の広がりを背景《コンテクスト》に含むスケールの大きなものだ。

実際「ティ・ゼロ」は、時間の最小単位t0という極小の瞬間に起きた出来事をQfwfqが語る物語。狩人役のQfwfqたるQ0が、襲いかかってくるライオンL0に向かって矢A0を放つ一瞬を描く。しかし、狩人がライオンを射止めるのが先か、ライオンが狩人を襲うのが先かは、t0以降の時間に移動しなければわからない。t0の住人として、その時間枠の外に飛び出すことができない狩人には、t1以降の世界で起きることとは予見できない。この宙ぶらりんの状態で、Qfwfqは過去・現在・未来の関係について考察を加える。その語りたるやt0という一瞬であるはずの時間がフリーズし、まるでそれが永遠であるかのようにQ0が語り続ける。これを矛盾と呼ばずしてなんと呼ぼうか。

ゼノンのパラドックスとデジャヴの世界

すべての動きが凍結し、語りだけが進行していくという筋立ては、ゼノンのパラドックスのひとつ「飛んでいる矢は止まっている」のパロディにほかならない。古代ギリシアの哲学者ゼノン（Zeno of Elea, c.490 BC-c.430 BC）は、経験にもとづく知識を否定するエレア派の始祖パルメニデス（Parmenides of Elea, c.520 BC-c.450 BC）の養子として、数々のパラドックスを示したことで知られる。

有名な「飛んでいる矢」の議論では、宙を飛ぶ矢もある瞬間で切り取れば、特定の空間、つまり特定の座標軸に固定されているとの認識から、その運動は停止状態にあるとゼノンは見なす。これを飛躍的に解釈すれば、時間とは固定された瞬間の連続から成る総体であるがゆえに、個々の瞬間という座標軸にある矢は、つねに静止状態にあるということになる。

カルヴィーノはこの瞬間的な停止状態を利用し、語り手がさまざまな思考を展開する時間を創出する。止まっている時間のなかに、内省的な時間が存在するのは明らかな矛盾だが、Qfwfq は t0 という分割された物理的時間のなかで語り続ける。ここに存在するのは、計測可能な物理的時間（英語の "time"）と、人間が主体的に知覚する持続的な時の流れ（"duration"）という、二種類の異なる時間軸だ。この相異なる時間の概念からなる Qfwfq の語りのなかには、理論的矛盾がいくつも存在する。

そのひとつが、語り手が言及するデジャヴ的状況だ。「ティ・ゼロ」における Qfwfq の語りはきわめて精緻で、論理的破綻などないように思える。しかし、細部をつなぎ合わせていくと、いくつかの矛盾が顕在化する。その兆候は、物語冒頭「こうした状況に出会うのは、はじめてではないような気がする」という文にすでに現われている（95/131）。

この文章が意味するのは、いわゆるデジャヴ。過去に起きたことが繰り返し起きるときに感じる既視感のことだ。襲いかかってくるライオンを射落とそうとする狩人の営みは、すでにこれまでに幾度となくおこなわれてきたと、語り手はほのめかす。狩人が放つ矢が描く放物線《パラボラ》と、狩人に向かって襲いかかるライオンが描く放物線のどちらが先に相手を捉えるのか。その結果は t0 の世界の住人である語り手 Q0 には予測できない。それというのも t0 の住人には、その前後の時間に起きた出来事を知ることができないからだ。一方で、もし Qfwfq がこの瞬間に既視感を覚えるのなら、それは語り手に過去の経験とその記憶があるからにほかならない。つまり Qfwfw が t0 以前の t-1、あるいは t-2 といった世界を記憶しているという前提がなければ、デジャヴは起き得ない。

しかし、そんな矛盾などお構いなしに、語り手はL0のライオンを射落とすことへの期待と、その同じL0のライオンに襲われることへの不安を口にする。そして、「こうしたことは初めてではない」と強調する。ただし語り手は、過去の経験から教訓を引き出し、そこから寓話《モラル》を語ろうとはしない。その理由は、狩人たるもの「経験を積んでそれをよしと思ったが最後、命を落とす」からだという(96/132)。

それでもQfwfwがこうした経験知をもつためには、t0という時間を越えた記憶をもたなければならないはずだ(96/132)。なぜなら、t0という瞬間におけるライオンL0は、それ以前の時空間に存在したライオンL-1、L-2、L-3とはすべて異なるはずで、よって狩人の狩猟体験も毎回異なるからだ。「経験を積んでそれをよしと思ったが最後、命を落とす」と言うときのQfwfwは、過去の経験を記憶する、もしくは過去に経験があったことを記憶するという矛盾を抱えている。

経験主義的経験と反知性主義的経験

「語り手」は、「絶対的なライオンの存在」を否定したうえで、次のように言う。「われわれの厳しい人生においては具体的ならざるもの、感覚によってとらえることの出来ないものの存在の余地などないのである」(96/132)。抽象化、あるいは一般化された概念を否定し、具体的かつ感覚的な細部を肯定するのは、ポストモダニズム理論における経験重視の姿勢だ。近代哲学があと押ししてきた経験主義とは異なる。

いわゆる経験主義とは、理性を中心に置く演繹型の思考だ。そこでは自己という哲学的主体を要に、理性的な判断から個々の経験を抽象化することによって一般的概念にまとめ上げる。よって個人の異なる経験は、必要に応じて捨象され、誰にでも理解可能な共通部分のみが集積される。だから経験主義的思考においては、経験知は普遍的真理に近づくための形而上学的手段にすぎない。

この経験主義に見られる一般化作用や抽象化にあがなうのが、ポストモダニズム理論が支持する反知性主義的経験だ。個々人の多様な経験に目を向け、細部の異なりを尊重する。前章で論じたように、ボルヘスがフネスという特異な登場人物を通じて描いた微細な知覚と驚異的な記憶も、普遍性や一般化の言説に絡め取られることへの抵抗姿勢を示すものだった。

第二次世界大戦下における自らのパルチザンとしての経験が根底にあるのだろうか。カルヴィーノの語り手 Qfwfq も、細部の異なりを重視する反経験主義的な語りを模索する。ただしボルヘスのフネスとは違い、Qfwfq は物語るにはある程度のあいまいさやいい加減さが必要だと理解しているようだ。つまり、ある言葉が機能するためには、差異が一程度捨象されなければならないことを Qfwfq は心得ている。だから、「ライオン」について語るとき、Qfwfq は「ライオン」という言葉とそれが指示する生物体が、恣意的な関係にあることを意識する。

私がここでいう「ライオン」とは〔中略〕今、私に襲いかかってきているものに名前を与えるために、便宜上私がライオンと称しているものを意味するだけで充分であって、たとえそれが一般に「ライオン」という言葉や、また他人がほかの状況においてライオンについて抱く概念と全然違っていようが構わないのである。（97/133）

これもまた Qfwfq の語りにおける矛盾のひとつだ。それというのも、Qfwfq によれば「ライオン」が「ライオン」として認識されるのは、それがつねに既視感を伴うからだ。「私が生きているこの瞬間が初めてのものではないと言うとすれば、ここから得る感覚がこれまでに幾度となく見てきたイメージとほぼ折り重なるからだ」（97/133 拙訳）。

一頭のライオンを見るとき、無意識のうちに語り手は、過去に見たライオンの姿をそこに折り重ねる。ボルヘスが描くフネスは、ひとつひとつの形象がもつ差異を知覚し、すべての異なるものを分類した。カルヴィーノの Qfwfq は、差異をある程度捨象して、「無数の重複した映像」だけを認識する（97/134）。自らの知覚にあまりに忠実なフネスと、適度に要領が良い老練な Qfwfq。過度にナイーブな性格付けをフネスに施したがために、記憶があいまいな語り手を別に用意しなければ物語を成立させることができなかったボルヘスに対して、カルヴィーノのアバウトな感覚が Qfwfq を矛盾だらけの語り手として機能させる。

断片化する空間と連続する時間

このように本来ならばたこつぼ的に t0 の空間に囲い込まれるはずの Qfwfq は、t0 を挟む連続的な時間と空間をコマ送り的に識別し分類する。彼にとって、t0 のライオンは t1 のライオンとは異なり、t2 のライオンは t0 のライオンとも t1 のライオンとも異なる。それぞれのライオンは似通ってはいるものの、別の時空間に属するライオンなのだ。

同様に、これらの異なる時空間に属す異なるライオンを知覚する Qfwfq 自身も非連続な存在だ。t0 のライオン L0 を知覚するのは Q0、t1 のライオン L1 を知覚するのは Q1、さらに t2 のライオン L2 を知覚するのは Q2 といった具合に。その意味では、フネスのように Qfwfq のアイデンティティも分裂している。事実、カルヴィーノの語り手は、「私たちを取り巻く空間はつねに異なる空間」だと「よくわきまえている」(98/134)。ただし、これも矛盾をはらむ発言だ。なぜならば、Q0 が t0 という瞬間に閉じ込められていれば、ほかの時空間を垣間見ることすらできないからだ。このような比較をしていること自体が矛盾といえる。

別の視点からいえば、Qfwfq が知覚できるのは、特定の時空間内部に存在する事物や事象の共時的関係性だけで、連続する時空間が引き起こす出来事については知覚しえない。「私が認識していたのは、ただ空間のみである。矢が存在する空間、もし矢がそこになければ、なにも存在しない空間。今はライオンと私を包含している空虚な空間」(98/134 拙訳)。

ある瞬間に属するすべての事物、および事象はその場で凍結状態にあるか、もしくはなにも存在していないかのいずれかだ。そのような状況は t0 だけではなく、すべての時空間で起きえる。個々の時空間はどれも等しい価値をもち、特定の時空間がほかの時空間に対し支配的に働いたり、優位性をもつことはない。たとえば、先行する時空間が次に生じる時空間で起きる出来事を、あらかじめ決定づけることはない。よって語り手が言うように、「地球上にも天空にも、絶対的な基準点となるような目印はどこにもない」(98/135)。

しかし、すべてが断片化された空間の住人でありながらも、Qfwfq はこれをなにもかも「偶然と考えるわけにはいかない」と言う。なぜなら、t0、t1、t2 という瞬間が連続的に存在するには、つねに「時間が関係」するからだ (98/135)。時間は経過とともに、過去という痕跡をそのあとに残す。そうすることで、現在はつねに過去を覆い続ける。語り手は、この状況を次のように表現する。「だから、それを通過する際に、私が認識したと感じたあの虚空を、空間としてではなく時間として定義することができるのだ」(98/135 拙訳)。

このような言説が成立するには、t0 という時間に囲いこまれているはずの Q0 が、t0 という時空間を超越的に見ることができる絶対的な視点をもっていることが前提になる。だとすれば、そのことは t1 における Q1 や t2 における Q2 にも当てはまるはずで、そうであれば個々の語り手 Qn を超越する上位の語り手 Qfwfq が実際に物語を語っていると見なすのが妥当だ。この場合、Qfwfq は不変かつ普遍の存在ということになる。仮に t0 のなかの Q0 が狩人としての身体をもつ存在だとして、Qfwfq はその固有の身体を超越する声となる。本来一瞬で終わるはずの t0 の物語で、内省的思考が途切れなく続くのはそのためだ。これが「ティ・ゼロ」の語りが抱える本質的矛盾であり、矛盾をはらんだ本質ともいえる。この点については、本章最後で改めて触れる。

閉じた時間と開かれた時間

次に「語り手」が問うのは、時間の性質だ。時間は閉じているのか、それとも開かれているのか。「私にとって問題は、すべてこの現在の瞬間がその一部をなす時間の回路が開かれたものかどうかを知ることにかかっている」(99/136)。

時間が「閉じられた回路」であれば、「そこから導き出される結論は、時というものは通過した道を再び引き返す」ということだ。この場合、時間は「またはじめからはじまり、それがこれまでに何度となく繰り返される」(100/137)。その根拠は、宇宙は大きな爆発とともにはじまり、それが徐々に収まっていくにつれて始原と同じ状態に収縮し、再び爆発を繰り返すというもの。ビッグバンとビッグクランチの無限の繰り返しだ。「宇宙がその伸縮作用のいろいろな局面でたどる空間的時間的線分は、すべてそれら線分のあらゆる点で一致して、互いに重なり合う」(103/141)。

一方、もし時間が開かれたものならば、あらゆる存在は「いま通過しつつあるこの瞬間のような、いくつかの例外的な点においてのみ合致して、あとは方々に分散」していく(103/141)。つまり、時間も空間も円錐状に多方向に拡がっていく。現在の世界と並行して、別の世界が存在するというパラレルワールドの発想に近いが、そのパラレルワールドの数たるやひとつふたつではなく無数となる。

矢とライオンの弾道は、つねに異なる点Xで交差し、そのつどライオンは異なる傷の負い方をし、異なる苦痛を味わい、異なる抵抗を見せるか、あるいは全然傷を負わずに、そのつど異なったふうに私に跳びかかってきて、私に防御の余地を残したり、または残さなかったりする（103/141）

この理論に基づけば、狩人もライオンも放たれた矢も、繰り返される時間のなかでは別の狩人であり、別のライオンであり、別の放たれた矢となる。また、語り手もいくつもあり得る形象のひとつにすぎず、別の形象をもった語り手がいくつも存在することになる。

現在、私にのしかかって来ようとしているライオンや空《くう》を切って飛んでいく矢とともにここにいる私自身も、その過去や年齢や母親や父親や部族や言語や経験などが、そのつど異なった別の私であるはずである（104/142）

開かれた時間とともに、過去、現在、未来が辿りうる複数の道筋が示される。それと同時に、同じ瞬間に同じ場所で同じように見える事物や事象も、異なる背景をもつ別の事物や事象である可能性が生じてくる。開かれた時間が構築する世界とは、なにものもその同一性を担保できない不確実性の時空間なのだ。

不変の関係性とポストモダン・パラドックス

それでも「ティ・ゼロ」の世界には不変のものがある。それは「同じように繰り返されるこの不確かな瞬間における、私と矢とライオンとの関係」だ（105/143）。関係の同一性。これは矛盾ではない。というのも、狩人たるQfwfqがどこから来てどこへ向かっていようとも、ライオンがどこから来てどこへ向かっていようとも、あるいは放たれた矢がどこから来てどこへ向かっていようとも、この三つの物体が置かれた位置関係だけは決して変わらない。

いかなる過去も、t0という瞬間に向かって収斂する。カルヴィーノが演出する不確実性の世界においては、事物の本質——仮に本質なるものがあるとして——ですらがつねに変化にさらされるが、そのなかで事物の関係性だけは恒久的で、決して変わることがない。

この関係性から構築される世界で重要なのは、それぞれの瞬間におけるコンテクストであり、物語の前提条件たる周辺環境である。別の言い方をすれば、「ティ・ゼロ」の世界では、歴史的連続性は最低限の意味しかもたない。語り手はtnという時間枠の内部で起きる事象しか知覚できないし、目の前で起きている出来事の原因も結果も知り得ない。

一方で、目前のテクスト空間を取り囲む環境情報、すなわちコンテクストについては、際限なく知り得る立場にある。

そこで、いま永遠にこの瞬間t0に住みつく決心をした私は——もしそう決心しなくとも、私

Q0 はほかに住むことが出来ないのだから同じことだが——気楽に私の周囲を眺め、私の所有下にある瞬間を、その拡がり全体にわたって観察することが出来る。（107/146）

その結果 Q0 が認識するのは、目の前に襲いかかってくるライオン L0 と自らが放った矢 A0 にとどまらず、河馬の群れに黒ずんだ川、縞馬《しま》の群れと草原、大嘴鳥《トゥカーン》とバオバブの木、さらにはどこか遠い町の夜を照らす家の灯りから物価指数に株式相場、伝染病の蔓延や戦争といった国際情勢に加え銀河系で起きる星の爆発まで、t0 という一瞬に世界で起きるすべての事象を含む。語り手いわく、「各瞬間がひとつの宇宙なのである」。

t0 の内部では、私 Q0 は私の過去 Q-1 Q-2 Q-3 などによって決定されるのではなく、大嘴鳥 T0 や弾丸 P0 やウィルス V0 によって形成されたシステムによって決定されるのであり、それらなしには私が Q0 であると規定できないからである。（107-8/146-7）

このように語り手が住むのは、コンテクストによってあらゆる事物や事象の意味、それに価値が相対的に決定される世界だ。よって、本来ならば通時的に結合し、統一化されていくべき個々の事物のアイデンティティが限りなく断片化していく。一方で目の前に存在しなくとも、その同じ瞬間に宇宙規模で存在するすべての事象がコンテクストとして関係し、互いに働きかける。その結果、個々の事物や事象は、それぞれが置かれた位置関係から、コンテクストに応じた意味や価値を付与される。

別の言葉でいえば、伝統的な語りの世界では、物語の連続性や継続性を担保するために、語り手が筋書きを再現＝再表する役割を担っていた。それに対しカルヴィーノが描くコンテクスト型の物語世界では、関係性がすべてとなる。主たる登場人物や主たる出来事の代わりに、個々の存在が全体の位置関係から相応の役割を得て、物語の筋立て、すなわち構造を形作る。これを主役なき個の共生と呼べば聞こえは良いが、コンテクストというすべてを網羅する全体が個々の位置づけを決定づけていることから、体系《システム》に依存した全体主義のようでもある。

実際「ティ・ゼロ」では、語り手のアイデンティティは通時的連続性を失い断片化しつつも、Qfwfq の意識はむしろコンテクストそのものと同期するかのように膨張し、まるでウワバミのように世界そのものを呑み込んでいく。

> さらにQ1 Q2 Q3 に生じるであろうことについてはもう気づかうことはないのだから、これまでしてきたような主観的視点をとり続けることもない。つまり私は自分自身のみでなく、ライオンや砂粒や物価指数や敵や敵のそのまた敵とも同一視できるわけである。そうするためにはこれらすべての点の座標を正確に決定し、いくつかの定数を算定すればよい。(108/147-8)

結局、Qfwfq は瞬間のなかに世界を見ようとすることで、瞬間を永遠という絶対的な時空間に読み替えようというパラドックスに陥る。関係性を重視するコンテクスト型の世界認識は、むしろ百科全書的に世界全体を絡め取ろうとする覇権的態度に似る。

だから、「各瞬間は一度きりのものであって、各瞬間をかっきりその瞬秒間だけ経験するということは永久にそれを経験すること」と Qfwfq が述べるとき（110/150）、主体的連続性を一度は放棄したはずのカルヴィーノの語り手は、「客観的になろうとすれば主観を保たざるを得ない」という根源的な矛盾をいつの間にか受け入れている（109/149）。[1] 本来フネスのごとく分裂し、成立しないはずの Qn の語りがうねるように続くのは、実際には背後で Qfwfq という統合的な主体が語っているからだ。これこそポストモダンの腹話術。「ティ・ゼロ」に内在する本質的な欺まんにほかならない。

第七章

語りの終焉？

トマス・ピンチョン「エントロピー」（一九六〇）

Thomas Pynchon,
“Entropy”

謎の隠遁作家

バースと並びつねにアメリカのポストモダニズム文学を牽引し続けてきたのが謎の作家ピンチョンだ。デビュー当初からメディアに出ることを避け続け、SNS時代の現在でも入手可能な顔写真は高校時代と海軍入隊時に撮られた数枚のみ。代表作となった『重力の虹』(*Gravity's Rainbow*, 1973)で全米図書賞の栄誉に輝いたときですら、その授賞式には代理のコメディアンが登壇し物議を呼んだ。だから、「ピンチョン」の実の正体は隠遁作家サリンジャーだ、という妙な噂までまことしやかに流れたこともある。

そのピンチョン。私生活では、出版エージェントを務めていた第二六代アメリカ大統領セオドア・ルーズベルト(Theodore Roosevelt, 1858-1919)のひ孫メラニー・ジャクソン(Melanie Jackson)と一九九〇年に結婚し、翌年にはひとり息子のジャクソンが誕生。ニューヨークのマンハッタンで暮らすなか、一九九七年にはCNNのカメラがピンチョンの姿を収めるというハプニングもあった。怒り心頭のピンチョンがテレビ局に抗議の電話を入れたがゆえに、その映像はお蔵入りになったといわれている(“Where's Thomas Pynchon?”)。その一方で、二〇〇四年には人気アニメ『ザ・シンプソンズ』(*The Simpsons*, 1989-)で、声優としてカメオ出演を果たした。ただし、アニメのなかのピンチョンは、頭にスーパーのレジ袋をかぶったまま。それほど匿名性には、気を配っているようだ。

過去にはピンチョンの私生活を暴こうという試みが幾度となくあった。そのうちのひとつは、コーネル大学時代の友人ジュールス・シーゲル(Jules Siegle, 1935-2012)が『プレイボーイ』誌(*Playboy*,

Mar. 1977）に寄せた暴露記事。容姿を気にする若きピンチョンが前歯の矯正手術を受けたことや、当時コーネルで教鞭を執っていた作家ナボコフの授業に出ていたこと、さらには親友であるはずのシーゲルの妻クリッシーと浮気をしていたことが明かされた（cf. "Jule Siegle's"）(1)。

本章では、そんなピンチョンのデビュー前の習作にして代表作のひとつとなった短編「エントロピー」（"Entropy," 1960）を取り上げ、熱力学の第二法則をタイトルにする風変わりな物語の語りの構造について論じる。

二つの文化

ピンチョンを論じるにあたり、かつてよく引き合いに出されたのが、イギリスの物理学者にして小説家だったC・P・スノー（Charles Percy Snow, 1905-80）の「二つの文化」（"The Two Cultures"）という講演だ。一九五九年ケンブリッジ大学で、スノーは科学と文学のコミュニケーションの欠如や互いへの無理解が、現代の危機につながっていると主張。文学者が熱力学の第二法則のことを満足に理解しない一方、科学者がシェイクスピア作品を手に取ろうともしない現状に不安を表した。

それから四半世紀を経た一九八四年。一九七三年の『重力の虹』出版以来、長い沈黙を保っていたピンチョンが、突如『ニューヨーク・タイムズ・ブックレビュー』誌（*New York Times Book Review*）に評論「ラッダイトをやってもいいのか?」（"Is It O.K. To Be A Luddite?"）を寄稿した。そこでスノーの議論に言及すると、ピンチョンは急速に進む知識の細分化を指摘し、専門外の知識に触れることがより一層困難になった現状を憂いた。

そんなピンチョンがスノーの講演とほぼ同時期の「五八年か五九年」に執筆したのが、初期短編の代表作「エントロピー」だった（"Introduction" 14/23）。一九六〇年オハイオを拠点とする文芸誌『ケニオン・レビュー』（*Kenyon Review*）に掲載された「エントロピー」は、デビュー作『V.』（*V.* 1963）出版以前の習作だ。それにもかかわらず「二、三のアンソロジーに収録」され、バーセルミが「ある雑誌インタビューで、エントロピーが［ピンチョン］の専売特許であるかのごとき物言い」をしたことから、ピンチョン＝エントロピーの作家というイメージが定着した（12/21）。

その初期短編について、ピンチョンは未収録作品を収めた『スロー・ラーナー』（*Slow Learner*, 1984）に付した「序」で、若き作家として自ら犯した「過ち」だらけの作品だったと告白する。

古来、駆けだしの作家がものを書くときにこれだけはやるなと警告されつづけてきた過ちの見事な見本がここにあるではないか。最初にテーマやシンボルを設定し、その抽象的な統一因子に合わせて人物や出来事を動かすという、端的な過ちにこの筆者は耽っている。（12/21）

ここでピンチョンが言わんとすることはただひとつ。エントロピーというなんとなく響きが良く、といって誰もが正確に理解しているわけではない科学概念を軸に、その内容に沿うような登場人物を用意し、場面設定を整えてストーリーを展開したことへの深い反省。批評家が理論ありきで作品分析をするのと同じことだろう。テーマありきの作品作りがいかに不自然かということを、ピンチョンは自らを例に示した。

エントロピーの法則

では、ピンチョンが「抽象的な統一因子」と言った「エントロピー」とは、一体どのような概念なのだろうか。SF作家として知られるアイザック・アシモフ（Isaac Asimov, 1920-92）が、一九七六年に出版したノンフィクション『アシモフの物理学』（*Asimov on Physics*）を参考に説明しよう（cf. 169-73）。

この論集で、アシモフはスノーの批判に応えるかのように、文学者の視点から物理学の世界を概観する。アシモフがまず注目するのは、トマス・ニューコメン（Thomas Newcomen, 1664-1729）というイギリスの技術者が、一八世紀初頭に発明したという蒸気機関の存在だ。これをジェームズ・ワット（James Watt, 1736-1819）が実用化に成功し、産業革命の幕開けとなる。

蒸気機関とは、熱エネルギーを動力に転換する仕組みのことだが、熱エネルギーとそれが生む仕事量の関係を研究する学問に、熱力学という分野がある。熱力学とは英語で“thermodynamics”。「熱」を意味する“thermos”と「動き」を意味する“dynamics”というギリシア語源の言葉から作られた造語だ。その熱力学の第一法則によれば、蒸気機関のような閉じたシステムにおけるエネルギーの総量は不変、つまり一定だ。

では、熱力学の第二法則、いわゆるエントロピーの法則はなにを意味するのか。ギリシア語源のエントロピーという語の意味は「変化」(2)。ただし、アシモフが指摘するように、エントロピーとは単に「変化」を示す概念ではない(cf. 172)。一八六五年発表の論文で、この言葉をはじめて使ったドイツの物理学者ルドルフ・クラウジウス(Rudolf Clausius, 1822-88)によれば、エネルギーは消費されるのみであって再生されることはない。つまり「使用可能」な状態から「使用不可能」な状態に転じるのみであり、決してその逆はない。エントロピーの法則とは、エネルギー転換の不可逆性を意味するのだ。

だから熱力学の第一法則と組み合わせると、「閉じたシステムにおいては、エネルギーの総量は不変で、エントロピー量は時間とともに増大する」ことになる(173)。そこでピンチョンが注目したのは、熱力学の第二法則から想定されるなんとも悲壮な世界だった。すなわち、外部から新たに「使用可能」なエネルギーが補充されないかぎり、システム内のエネルギーはやがて枯渇し、システムはその動きを止める。このエネルギーを使い切った状態を「熱死」、英語で "heat death" と呼ぶ。短編「エントロピー」の最終場面、カリストが瀕死の小鳥を抱きながら自らも動きを止める場面は、この「熱死」状態を表す文学的隠喩にほかならない。

その後、熱量変化の説明に、原子や量子といった概念が導入されたことから、第二法則の統計力学的解釈が可能になった。作品中ピンチョンが言及する数学者ウィラード・ギブス(Willard Gibbs, 1839-1903)と物理学者ルートヴィッヒ・ボルツマン(Ludwig Boltzmann, 1844-1906)は、エントロピーの法則を「統計力学によって」説明したことで知られる（"Entropy" 87/112）。こうした知識を、ピンチョンは『オックスフォード英語辞典』をはじめとする文献資料から得て、「エントロピー」を書きあげた（"Introduction" 12/21）。ピンチョンが若気の至りと反省する所以だ。

陰謀論的筋書き

もっとも、作家の「過ち」はときに批評家にとっては絶好の機会になる。戦後アメリカ小説を横断的に論じた名著『言語の都市』（*The City of Words*, 1971）で、イギリスの批評家トニー・タナー（Tony Tanner, 1935-98）は、ピンチョンの「エントロピー」を取り上げると次のように評した。

> 自分の小説を形づくる上で、決定的なヒントを得た哲学的な軌跡を隠そうとする作家もいるが、ピンチョンはむしろこれを作品の表面に出している。実際、彼の作品はこの軌跡を主題にしており、さらに平たく言えば、軌跡を作る人間的本能と欲求を主題にしているのだ。（153/166）

タナーが論じるのは、ピンチョンが閉塞感に覆われた一九五〇年代のアメリカ社会を描きながらも、そこに働く陰謀論的な筋書きを意識している点だ。つまり、「エントロピー」という作品がもつテーマは主に二つ。ひとつは熱力学の第二法則をモチーフとする黙示録的な世界観。もうひとつは、語りのプロセスに必ずや内在する陰謀という筋書き（"plot" という英語には、「陰謀」と「筋書き」両方

アンリ・ルソー《夢》1910年、ニューヨーク近代美術館蔵

の意味がある）。より繊細な「人間的現象」とタナーが指摘する点だ。だから、ピンチョン本人は「エントロピー」の創作プロセスについて自らを厳しく戒めているが、この作品は必ずしも科学理論をなぞっただけのコピーではない。

　そのあらすじを紹介すれば、舞台は一九五七年二月のワシントンDC。とあるアパートの三階と四階の部屋で起きる出来事を、交互に描きながら物語は進行する。三階に住むのはミートボール・マリガン。部屋のリース期限切れを祝い、外部から訪れるゲスト相手に、男女入り混じっての酒ありドラッグあり音楽ありの放埒なパーティが続く。

　同じアパートの四階には、ベトナム出身の少女オーバードと同棲する中年アメリカ人男性カリストが暮らす。自らを三人称で呼ぶ内省的なこのアメリカ人は、フランスの画家アンリ・ルソー（Henri Rousseau, 1844-1910）が作品《夢》（*La Rêve*, 1910）で描いた、外部から遮断された人工的な密林世界を部屋に再現する理想主義者だ。

　ミートボールの物語とカリストの物語には直接の接点

はない。ただ、階下のパーティが引き起こす音や振動が「床を突き上げて」、時折カリストの求める静かな生活を乱す（83/107）。タナーはこれを「現代的意識の一種のモデル」と見なす（154/167）。たとえば、ミートボールの部屋が混沌とした日常を表現するのなら、カリストは形而上学的な秩序だった世界に居住する。あるいはフロイト的に解釈すれば、階上のカリストは「意識」の世界を、階下のミートボールは「無意識」の世界を示すともいえる。いずれにせよ、ミートボールとカリストという一見関係性の乏しい登場人物を描きながらも、ピンチョンはエントロピーが増大する世界において、熱死状態に向かってカウントダウンをはじめた語りというシステムそのものを物語化しているのだ。

カリストの語り

ピンチョンが描くエントロピー的な語りとはどのようなものなのか。その様子が最も良く表現されているのが、カリストの語りだ。カリストは歴史家ヘンリー・アダムス（Henry Adams, 1838-1918）の自伝『ヘンリー・アダムスの教育』（*The Education of Henry Adams*, 1907）の語りを模倣する文学者でもある。すなわち、歴史家アダムスが自らの過去を語るのに、あえて「彼」という人称代名詞を用い、自らの語りを客体化したのに倣い、カリストもまた自身を「彼」と呼ぶと、その過去をオーバード相手に口述筆記させる。

一見すると、バルトの「人称的なシステム」に似たカリストの語りだが、その意図は大きく異なる。というのも、バルトが指摘する三人称の語りによる一人称の語りの置き換えでは、自己中心的になりがちな一人称の語りを客体化することで、語りの信ぴょう性を高めるのが目的だった。

一方、「エントロピー」におけるカリストの語りは、バースの「夜の海の旅」の語り同様すべてカギ括弧で括られている。一人称の「私」("I")が語り手だったバースの短編に対し、ピンチョンのカリストは三人称で語るという違いはあるものの、いずれの語りもカギ括弧化されることで入れ子構造になっている。つまり双方とも主たる語りのなかに存在する内側の語り、すなわち物語のなかの物語として機能している。このことはカリストの語りが自己内省的な語りであることを、物語る行為がつねに意図的かつ作為的であることを示す。

ピンチョンは同様の手法を、デビュー長編『V.』でより顕著なやり方で用いた。謎の女性登場人物V.の存在を巡るこの探求の物語では、主人公ベニー・プロフェインと対を成す登場人物ハーバート・ステンシルが、アダムスの語りを模して自らを三人称の「彼」で呼ぶ。結果として、ステンシルはこの小説における擬似的な語り手の役割を演じ、V.探求の語りの声を偽装することになる。このことが物語がもつ陰謀論的な筋書きを一層強調することになる。

さらに第一一章「マルタ詩人ファウストの告解」は、小説に埋め込まれた物語のなかの物語として、『V.』の中心的テーマをよりはっきりと可視化する。エピソードの主人公ファウストは、自らの人格を四段階に分けながら過去を振り返る自己内省的な語り手だ。その第一段階、未来に向けて希望に燃えるマルタの若者ファウスト一世は、ロマン派詩人のごとく語ると同時に揺るぎない自己を確立する。しかし、イギリスによって植民地化された島で、「英語で中等教育を受け、英語で教育する大学へと進んだがために」、ファウスト一世の「内なる純真は何か狡猾なものと溶け合い」、次第に「新しい種類の存在」へと化していく。こうして生まれたファウスト二世は、つねに「二つの目的」に向かう「二重の人間」として、精神に暗闇をもつモダニスト詩人のごとき存在となる(309/94-5)。

そして、空襲のさなか「悪司祭」の解体を目撃した衝撃から生まれたファウスト三世は、激しいトラウマから「譫言《うわごと》のような文章」ばかりを日記に残す(306/89)。のちにファウスト四世が「無人間性《ノン・ヒューマン》」と振り返る限界状況にあったのが、この第三段階におけるファウストだった。その限界から「意識ないし人間性へとゆっくり回帰」し、「告解」を綴るのがファウスト四世だ。「物質的にも精神的にも崩壊した世界を受け継いだ」四番目のファウストは、感情を抑え込んだ自己内省的な語り手だ(307/90)。

このように進化というよりは、刻々と分裂していくかのようなファウストという人格を語り手に擁す「告解」は、ピンチョン流の物語分析だ。ロマン派詩人からモダニスト詩人を経て、トラウマ的な人格の崩壊が自己内省的な詩人を生むというプロセスは、まさにポストモダニズム文学誕生の軌跡をなぞるかのようだ。(3)

エントロピー化する語り

話をカリストに戻そう。すでに述べたようにカリストは、「フランス人と安南［ベトナム北部］人のハーフ」オーバードと同棲生活を送る中年男性だ(84/108)。舞台設定は一九五七年、ディエンビエンフーの戦い（一九五四）でフランス軍がベトナム軍に壊滅的な敗北を喫してからまだ間もない。当時のアメリカ政府はいわゆるドミノ理論の下、東南アジア諸国の共産主義化を恐れ、ベトナムへの介入を画策していた。すでに人生の最盛期を過ぎ、いわゆるミッドライフクライシスに陥ったカリストが、フランスによる植民地化の影を引きずるベトナムの若い女性と同棲生活を送るという設定は、やや範疇《はんちゅう》化されすぎてはいる。それでも、ルソー風の「幻想熱帯園」を彷彿させる「小さな規則性の包領《エンクレーヴ》である密封された」温室を、カリストがオーバードと共に維持・管理しようとする描写からわかるのは、ピンチョンが当時の米越関係を隠喩的に表現しようとしていたことだ。

物語ではその完璧な小宇宙で、カリストが自らを「彼」と呼びながら、寄り添うオーバードに自らの過去を口述筆記させる。口述筆記というとそのニュアンスは伝わりにくいが、英語では“dictate”。独裁を意味する“dictatorship”と同じ語源の動詞だ。辞書を引けば、「命令・指示する」という意味もある。つまり口述筆記とは、カリストが言語を通じてオーバードを支配していることを示す。また、カリストの言葉を書き留めるオーバードからすれば、自らの思考や感情を言説化する機会が奪われていることも意味する。オーバードとは、ポストコロニアリズムの旗手ガヤトリ・スピヴァク（Chakravorty Gayatri Spivak, 1942-）がいう声を奪われたサバルタン的な存在なのだ。

ところで「エントロピー」執筆時のピンチョンが、将来起きるアメリカの軍事介入や戦争の泥沼化を予見していたのかといえば、それはわからない。『スロー・ラーナー』の「序」を除けばなんの資料もないわけで、そうした議論を展開すること自体、ほとんど意味はないだろう。それでもカリストを通じてピンチョンが描くアメリカが、衰弱しきっているのは明らかだ。その様子はカリストの語りに埋め込まれたロマン派的な隠喩が、もはや意味を失いつつあることからも見てとれる。

たとえば、カリストが「自分の胸にのせ両手で優しく包んで」離さない死にかけた小鳥（83/107）。カリストは小鳥に自らの体温を分け与えるかのように必死に介護している。ロマン派文学で鳥は、純粋さや無垢、自然や自由など多くの意味をもって描かれてきたが、ここでは芸術作品そのものを意味する。カリストが構築する世界や彼が語る物語の隠喩だ。その小鳥の生死は、カリストの運命を象徴的に示す。物語の終盤、小鳥の「鼓動は乱れ」、「筋肉も収縮し、首もなかば後ろに倒れる」（97/126）。その様子をオーバードに伝えようとするカリスト自身も声を失う。

このように、デビュー前の習作とはいえ、ピンチョンの筋書きは細部まで怠りない。それは物語の気象設定にまで及ぶ。激しい雨が降れば雪が積もり、突風が吹けば春のような日差しがまぶしく輝く異常気象にもかかわらず、外気温は華氏三七度を指し続ける。「火曜日から変化なしだな」とは、カリストの弁（84/109）。それは言うまでもなく、エネルギーを失いすべてが均衡状態へ向かう熱死を描くピンチョンの企てである。当時を振り返り作家は言う。

> 最終的な均衡状態を私は華氏37度に設定しているが、それはなぜかといえば、人間の常温が摂氏でいうと37度だからだ。いかすだろ？（13/23）

このように若き日の浅はかさを自虐的に明かすピンチョンだが、批評家デビッド・シード（David Seed, 1946-）によれば、当時の異常気象は事実だったそうで、一九五七年二月上旬のワシントンDCは、降雪はもちろんのこと洪水が起きるなど荒れた天気が続いていたようだ（246 n.38）。

ともあれ、荒れた気象に対して気温が三七度のまま変化しないという状況は、物語の最後まで変わらない。最終場面で、小鳥とともにカリストもまた体温を失ったかのように動きを止める。一方で、オーバードがいくら外気温計で確かめても、「大気の温度は変わらない」。「空は一面、深まりゆく均一な灰色」（97/126）。その均衡状態に耐えきれなくなったオーバードが、ついにサバルタン的な受け身の姿勢から転じて積極的な行動をとる。カリストが作り上げた「聖域《サンクチュアリー》」を「街のカオス」から遮断していた窓ガラスを打ち破るのだ（84, 83/108）。

カーテンを引きちぎり、繊細な両の拳でガラスを叩き壊した。引き抜かれた手に血が流れ、破片が煌めいた。そして彼女はベッドに横たわる男のほうを振り向いて、ふたり一緒に待った。均衡の到来を待った。内も外も永遠の華氏37度に収斂し、個別の生命たちが奏でる属和音《ドミナント》が、闇の主和音《トニック》と最終的な運動の欠如へと崩れ落ちるのを待った。（98/126-7）

窓ガラスという室内と屋外を仕切ってきた境界が破壊されたことで、内部と外部の間に空気の流れが生じる。しかし、それは熱死状態を回避したことを意味しない。なぜなら外部を覆っていた「不動の華氏37度」が内部へと侵入しすべてを覆い尽くすことで、「あらゆることが一つの不可避の結末」に至ることが改めて約束されたにすぎないからだ。物語が「ベッドに横たわる男」とともに、最終的な均衡状態を待つオーバードの姿を描きながら幕を閉じるのはそのためだ。

内部と外部の区別がなくなり、すべてが均衡状態になったとき、カリストの語りは停止し、同時に「エントロピー」という物語も止まる。

ミートボールの物語

では、悲壮観に満ちたエントロピー的な黙示録の世界を描くことが、この作品でのピンチョンの目的なのだろうか。確かにカリストの語りと物語の語りが同期して停止している点から見れば、ピンチョンは終末論を予期する作家だといえるだろう。実際、初期のピンチョン批評にはそうした解釈が見られた[4]。

一方、短編「エントロピー」には、ミートボールを中心に展開する物語も含まれる。同じアパートに住みながら、カリストとは対照的に賑やかな生活を送るミートボールは、このアパートを出て行く設定になっている。それを記念しての「契約ぶちきりパーティ」は、一見するとエントロピー的な泥沼状態に陥っていくかのようだ(81/105)。

そのハチャメチャぶりはといえば、まずは物語冒頭、「地元レーベルから、『宇宙空間のうた』という、10インチのLPレコード」をリリースしているバンド、デューク・ディ・アンジェリス・カルテットが登場する。彼らはムソルグスキー(Modest Mussorgsky, 1839-81)の名曲『展覧会の絵』(*Pictures at an Exhibition*, 1874)の第一〇章「キエフの大門」(“The Heroes’ Gate at Kiev”)を大音量で聴き入る一方、いざバンドの演奏をはじめても、「演奏中の動き」はするものの「誰も楽器は持っていない」(81/105, 94/121)。

それでも曲が終わると、「少なくともエンディングはキマった」と言うのはリーダーのデューク。それが意味することは、ジェリー・マリガン(Gerry Mulligan, 1927-96)が率いたピアノレス・カルテットのことだろう。一九五〇年代のウェストコーストジャズを代表するサックス奏者ジェリー・マリガンは、リズムセクションに鍵盤楽器を入れることが常識だった時代に、ピアノ抜きのカルテットを結成した異色の音楽家だ。これを突き詰めれば、「ギターもなし。アコーディオンもなし」。「メロディを吹いていて何も聞こえてこない」。「そう、すべてを思考にゆだねる。ルート・コード、メロディ、ぜんぶだ」(94, 95/122)。

今ではエア演奏が登場し、さして目新しさもないかもしれない。しかし、こうした類いのブラック・ジョークで次から次へと読者を楽しませるのが、ミートボールのセクションだ。ピンチョンにしてみれば、閉じたシステムのエネルギーが消費され、システム内のエントロピー量が増えるにつれて、空間のノイズが増大し、コミュニケーションが失われていく世界を描きたかったのだろう。泥酔した招待客が交わす会話にはもはや意味はなく、デュークらが演奏する音楽からは、メロディどころか音すらが消えていく。

その様子を端的に示すエピソードが、ミートボールとソールの会話だ（90/117）。現代的な情報理論に通じたソールだが、意思疎通が下手なようで、妻ミリアムは家を出てしまう。そのショックからか、ソールはミートボールのパーティに窓から侵入。意味不明な会話を展開する。

ソールは調理台のレンジにのせた尻を下ろし、怒りをぶつけた。「それは最悪のジョークだな。表彰もんだよ。バリアなんかあるものか。リークさ。女の子に"I love you."っていうとする、そのうち三分の二は問題ない。閉鎖回路だ。オマエと彼女。しかし真ん中にあるいやったらしい四文字言葉。そいつは警戒しないといけないし、あいまい。冗長。見当違いですらある。リークだよ。こういうのがノイズなんだ。ノイズがシグナルをだめにする。回路の連結がオジャンになる」（90-1/117）

ここで興味深いのは、バーセルミやクーヴァーと同じように、ピンチョンも伝道師パウロへの言及を物語に忍び込ませている点だ。というのも、ソール（Saul）とは、パウロ（英語名でポール）のユダヤ名で、古代ローマの属州だったキリキアの州都タルソスの出身。しかも、ソールの妻の名前ミリアム（Miriam）は、聖母マリアのユダヤ名でもある。批評家ジョン・サイモン（John Simon）もこの点を指摘しており、伝道師ポールが聖母マリアとの関係を通じて、コミュニケーション不全に陥るというふざけた展開になる（cf. Simon 92）。

また、日本語訳では伝わりにくいが、ここでソールがいう「いやったらしい四文字言葉」とは、原文では"nasty four-letter word"。"four-letter word"とは"fuck"や"shit"に代表される人前で言うのもはばかられる汚い表現のこと。ソールはそこに"love"も入ると主張する。つまり"I"や"you"といった代名詞は、その指示機能ゆえに対象物がはっきりしているが、"love"のような感情表現の場合、言葉がもつ意味の範囲《バンド》が広いがゆえに意味が漏れ出《リーク》し、ノイズが増大するというブラックジョークなのだ。

もちろん、ここでピンチョンが「愛」を茶化すのはきわめて意図的だ。物語前半では、二〇世紀初頭の大衆歌「シグマ・カイの恋人」("The Sweetheart of Sigma Chi," 1911)や第二次世界大戦中ドイツで人気を博した「リリー・マルレーン」("Lily Marlene," 1937)といったロマンチックな流行歌に言及すると、次のように記している。

> そして、まともなロマンチストなら誰でも知っているにちがいない、ソウルとは(スピリトゥスとは、ルーアックとは、プネウマとは)本質的に空気以外の何ものでもないのだ。であるからして、大気の変化はそれを呼吸する人間の変調となって表れる。(83/107)

「不順な天気と、さまよう恋と、気まぐれな熱中」を一括りに、人間中心のロマン主義的な思想が、空気の動きでしかないという強烈な皮肉(83/107)。「恋」も「愛」も「本質的に空気以外の何ものでもない」のなら、大気の温度が均一化し、空気の流れがよどみはじめ、やがて静止するとき、言葉は意味も伝達機能も失うばかりか、人の感情も動かなくなるということか。

それにもかかわらず、ミートボールはどこか根気強くエントロピーの増加を妨げ、熱死状態を回避しようとしているかのようだ。その姿は、一九世紀スコットランドの物理学者ジェイムス・クラーク・マクスウェル（James Clerk Maxwell, 1831-79）が仮説として提案した「マクスウェルの悪魔」（"Maxwell's demon"）に似る。

「マクスウェルの悪魔」

エディンバラ生まれのマクスウェルは、マイケル・ファラデー（Michael Faraday, 1791-1867）らによる電磁場理論をもとに古典電磁気学を確立したことで知られる学者だ。電磁波の伝達速度が光の速度と変わらないことを示すなど、後世への影響も多大で、アインシュタイン（Albert Einstein, 1879-1955）もその存在を認めるほどだった。

そのマクスウェルが一八七一年に出版した『熱理論』（*The Theory of Heat*）という著作がある。そこで反エントロピー的な作用をもつ思考実験「マクスウェルの悪魔」を提案した。それによれば、まず温度が均一の気体を含む容器を用意する。すでに温度変化を失っているので、いわゆる熱死状態にあるのだが、容器内部に存在するそれぞれの分子が含むエネルギー量までが等しいわけではない。つまり、動きが速い分子もあれば遅い分子も存在する。

そのことを利用して、容器内部に間仕切りを設け、動きの速い分子と遅い分子をそれぞれ別個の部屋に振り分ける。ひとたび作業を完了したのち、二つの部屋を分ける仕切りを開放すれば、異なる速さをもつ分子が一気に衝突することになり、新たなエネルギーの流れが生じる。そして、容器内のエントロピー量が減少する。このとき振り分け作業をおこなう仮説上の存在が「マクスウェルの悪魔」だ。

一見するともっともらしい思考実験ではあるが、この理論の唯一にして最大の欠点は、異なる速さの分子を振り分けるのに、そもそもエネルギーを要するという点。すでに熱死状態に陥った容器には、それだけのエネルギーはもはや残されていないのだから、悪魔たりとも動くことはできない——あるいはエネルギーがなくとも動くという意味で、マクスウェルはこれを悪魔と呼んだのかもしれない。

『アシモフの物理学』でもこの装置は取り上げられているが、SF作家アシモフといえど「悪魔」の存在には否定的だ。

> 速い分子と遅い分子を選り分ける過程で、悪魔が生み出すエントロピー量は、その作業によって減少させることができる気体のエントロピー量よりも多くなる。(186)

ピンチョンがこの不可思議な装置に言及するのは、一九六六年出版の『競売ナンバー49の叫び』においてだ。エディプス（Oedipus）転じて女性形のエディパ（Oedipa）を名前にする主人公《ヒロイン》を中心に展開する小説は、謎の郵便組織トリステロの存在を巡る探究小説だ。(5) その探求途中にエディパが出会うのが、バークレーの発明家ジョン・ネファスティス。「コミュニケーションが鍵だ」（105/132）と言うこの怪しげな発明家が、「マクスウェルの悪魔」に改良を加えたのが「ネファスティス・マシン」。エントロピーに抗しようとするピンチョンのこだわりが見え隠れするエピソードだ。

もっとも、短編「エントロピー」では、マクスウェルへの言及もなければ、「マクスウェルの悪魔」に似た装置が登場するわけでもない。それでも混沌としたパーティの二日目が終わろうというときになって、ホスト役のミートボールが演じる役回りは「悪魔」に等しい。

ミートボールは突っ立って、だらしなくヘソを掻きながら部屋の様子を見つめた。考えてみたところ、対処法はおよそ二つ。（a）クローゼットに閉じこもって出てこない。いつかみんな帰るだろう。（b）一人ひとりなだめていく。（a）の方が魅惑的なのは明らかだ。だがクローゼットの中ってどんなところだ。暗くて窮屈、おまけに孤独だ。孤独というのは、ミートボールに似合わなかったし、それにロリポップ号といったか、その軍艦から上がってきたやつらが面白がってクローゼットのドアを蹴破るかもしれない。てなことになったら、恥ずかしいだけではすまなくなる。もう一つの選択肢のほうが、大変なことは大変だが、長い目で見たら、たぶん好ましいんじゃないだろうか。（96-7/125）

ピンチョンの語り

このようにのらりくらりとしながらも、なんとか秩序を保とうとするミートボールの姿を、ピンチョンはいわゆる全能の語り手の視点から描く。これにバルトの「人称的なシステム」を用いて、ミートボールの視点から物語が語られているか否かを検証しても、クーヴァーが描く「歩行者事故」のポールのようなわけにはいかない。語りの視点とミートボールの視点には、どうしてもズレが生じてしまう。

たとえば、物語冒頭のデューク・ディ・アンジェリス・カルテットが登場する場面。ミートボールは「ワインのマグナム・ボトルを縫いぐるみのクマのように胸に抱きしめて」眠りこけている(81/105-6)。一方で、カルテットの様子は正確に描写されているのだから、ミートボール以外の誰かが語っていることになる。この点、ポールが意識を失うと「語り」が中断する「歩行者事故」とは大きく異なる。さらに大音量のステレオから聞こえる「シンバルのクラッシュ音」でミートボールが飛び起きる場面でも、彼のアクションは第三者的な視点から描かれる(85/110)。

その一方で、ミートボールがパーティに秩序を取り戻そうと内省的な思考に耽る先ほどの場面では、語りの声はあたかも彼の視点に乗り移っているかのようだ。ただし、それは一時的なことであり、語り手の視座はミートボールの視点に固定されることはない。ミートボールのセクションの語り手は全能の語り手のように自由自在に視座を変えていく。

実は三人称の語りをパロディー化するカリストのセクションでも、全能の視点が働いている。つまり、カリストという登場人物がヘンリー・アダムスを引き合いに三人称の語り手を演じているだけで、セクション全体の語り手はミートボールのセクション同様に全能性を帯びている。つまりピンチョンはカリストの語りを通じて、モダニスト的な三人称の語りが示す独善的視点や支配的態度を批判しながらも、物語全体を括り込む語りでは全能性を維持しているのだ。

この傾向は、短編「エントロピー」だけではなくピンチョン作品の多くに見られる。例外的なのは、ファウストの「告白」を含み、物語の語りの視点とステンシルの視座が交差する『V.』と、チェリーコーク牧師の語りから成る『メイソン&ディクソン』(*Mason & Dixon*, 1997) ぐらいだろう。その二作にしても、語りの視座の広がりから言えば、全能的といって差し支えないレベルにある。むしろ「エントロピー」のように、語り手が都合よく登場人物の内面を描き出す場面が多々見られる。ピンチョンの語りは、全能の語りに逆行しているのだろうか。

実のところ、この現象はピンチョンだけに見られるものではない。ドン・デリーロ (Don DeLillo, 1936-) をはじめリチャード・パワーズ (Richard Powers, 1957-)、デビッド・フォスター・ウォレス (David Foster Wallace, 1962-2008) らより若い世代の作家にも見られる傾向だ。そのためポストモダニズム文学における全能的な語りの「復活」に目を向ける批評家は少なくない (Dawson 144)。

ただしここで重要なのは、この全能性をもった語り手が、かつてのように神格化された語り手ではないという点だ。それというのも、いまや「全能性」とは「人間の知識」を指すための「誇張表現」

であり、それは同時に「神の権威」がすでに失墜していることを意味するからだ（145）。批評家メイア・スタンバーグ（Meir Sternberg, 1944-）が言うように、語り手が「神のイメージ」に倣って作られた存在だとしても、それはむしろ超全能的な知識を有する作者の代理人と見なすべきであり、その役割は「権威」ある「言説」を組み立てることに限定される（763）。つまり、かつての宗教性はそこにはもはやない。

またポール・ドーソン（Paul Dawson, 1972-）は、現代における全能的な語りを「皮肉な道徳家」タイプ、「文学的歴史家」タイプ、「花火職人のように［華々しい］語り手」タイプ、「没入型ジャーナリスト、もしくは社会派コメンテーター」タイプの四つに分類する（152, 153, 155）。そして、現代の情報社会が広範な知識をもった「冗長な語りの声」を求めた結果、ポストモダニズム文学において全能的な語りが「より一層進化・洗練されたかたち」で復活したことを指摘する（156, 144）。そこにあるのは宗教的な要素ではなく、高度に発達した情報社会で大量の情報を裁き論じる識者の役割だ。ピンチョン批評では、かつて『重力の虹』を評して「百科全書的」と称した批評家がいたが、ポストモダニズム文学の「語り」における全能性とは、データベース的な広範かつ専門的な知識を特徴とする（cf. Mendelson）。

超全能的なゲーム

この新たなる全能性について、ピンチョンと同世代作家のデリーロは、かつて長編小説『アンダーワールド』（*Underworld*, 1997）の創作過程を振り返り、次のように語った。

> プロローグは超全能的な感じで書かれています。〔中略〕わたしは開かれた文章を書きたかったのです。旅行好きな文章にしたかったのです。ひとりの登場人物の内面から出発し、別の登場人物の内面に移っていくような文章です。そうすることが愉快なのでやってみました。（Remnick 136 強調筆者）

アメリカ大リーグの歴史で語り草となった一九五一年一〇月三日ナショナルリーグ優勝をかけた一戦で、ニューヨーク・ジャイアンツの内野手ボビー・トンプソン（Robert "Bobby" Thompson, 1923-2010）が、ブルックリン・ドジャースの投手ラルフ・ブランカ（Ralph Branca, 1926-2016）からサヨナラ本塁打を放ったエピソードで始まるのが『アンダーワールド』だ。その日球場には、フランク・シナトラ（Frank Sinatra, 1915-98）ら多くの有名人が観戦に訪れていた。そのひとりＦＢＩ長官のＪ・エドガー・フーバー（J. Edgar Hoover, 1895-1972）の下には、ソビエト連邦核実験実施の報告があった、というのがデリーロの筋立てだ。確かに同年九月二四日にソビエトはＲＤＳ−２型原子爆弾の実験をおこなっており、一〇月三日にはアイゼンハワー政権がその事実を公表している。

アメリカ史では、一七七五年独立戦争のきっかけとなったレキシントン・コンコードの戦いを告げる最初の銃声を、「世界に響き渡った銃弾」（"Shot Heard 'Round the World"）と呼ぶ。ジャイアンツの優勝を決めたトンプソンの一発は、それを模して大リーグ界における「世界に響き渡った銃弾」と言われた。これにデリーロはソビエト核実験のエピソードを交え、「超全能的」な語りを展開した。まるで野球場を飛び交うボールのように視点をずらしながら進む語り。それについてデリーロはこう述べる。「かつて経験したことがなかったようなある種の自由を与えてくれたのが、野球そのものでした。それは楽しいゲームでした」(136)。

情報過多の時代、いかに文学といえども、語り手の視点や声がいかにあるべきかといった専門的な枠組にこだわり続けていれば、読者からは敬遠され信任を失いかねない。そこでピンチョンやデリーロといったポストモダニズム文学の旗手たちは、自由で幅広い視点を語りに導入することで、時代にあった新たな全能性を獲得した。伝統的な語りがもっていた全能性を想起させつつも、信仰とは無縁な情報データベースのような現代的知識の蓄積をもって読者を引きつけるのが、ポストモダニズム文学の行き着く先だったといえる。

だから、カリストの独白ではモダニズム的語りの飽和状態を再演しつつも、ミートボールのセクションでピンチョンは、むしろ全能的な視点から「語り」の継続を模索した。

心が決まった。この契約切りのパーティが、完全なカオスに落ち込んでしまうことをなんとか避けよう。ミートボールは水夫にワインを差し出し、イタリア拳にのめっている連中を引き離し、太っちょのGガールをサンドール・ロハスに紹介した。彼ならきっとこの子がトラブルを起こさないようにしてくれる。シャワー室の女の子が体を乾かしてベッドに入る手助けもした。ソールとも、もう一度話をした。冷蔵庫がイカレそうだと聞いて修理工を呼んだ。バタバタと動きまわるうちに日は暮れて、騒いでいた者のほとんどは酔いつぶれ、パーティ自体はよろけた足で三日目への入口にさしかかった。(97/125)

一九五〇年代後半、フランスの東南アジア政策が失敗し、アメリカ政府がベトナムへの新たな政治・軍事的介入を模索していた時期に、モダニズムという西欧文学が打ち立てた巨大な構築物はすでに期限切れになっていた。そのとき修行中のピンチョンが描いた悲壮感溢れる作品で、よろけながらも続くパーティとは、今まさに生まれ変わらんとする文学の姿そのものだった。若きピンチョンが目指した語りとは、そんな黎明期のポストモダニズム文学を支える反エントロピー的な挑戦だったといえる。

第八章

AIは語る

アーシュラ・K・ル＝グィン『闇の左手』（一九六九）

Ursula Kroeber Le Guin,

The Left Hand of Darkeness

ポストモダンと女性作家

バース、バーセルミ、クーヴァー、ピンチョンとアメリカを代表するポストモダンの作家に加え、南米マジックリアリズムの創始者ボルヘス、さらにはイタリアン・ポストモダニズムの旗手カルヴィーノと六人の作家を論じてきた本書だが、女性作家やエスニック系作家については論じる機会がなかった。今でこそ文学の世界で躍動する女性やアジア系、アフリカ系作家は数多くいるものの、実験的要素を多分に含む一九六〇年代ポストモダニズム文学で中心的位置を占めていたのは、ヨーロッパ出自の男性作家だった。

実際、当時文壇で活躍していた女性は少ない。二〇人を超えるアメリカの現代小説家を論じた『言語の都市』で、タナーが取り上げた女性作家はスーザン・ソンタグとシルヴィア・プラス（Sylvia Plath, 1932-63）の二人に留まる。そもそもバース、ピンチョンら代表的なポストモダンの作家を扱いながらも、ベローやナボコフらについても詳細な議論を展開する著作で、タナーはポストモダニズムという言葉を用いていない。『言語の都市』が出版されたのは一九七一年。まだ、批評家の間ではポストモダニズムという新しい文学ジャンルが確立していなかった。

一方、公民権運動の時代に、アフリカ系やアジア系でポストモダニズム文学を代表する作家はいなかった。ラルフ・エリソン（Ralph Ellison, 1914-94）やジェームズ・ボールドウィン（James Baldwin, 1924-87）はすでに一線で活躍していたものの、当時彼らの作品がポストモダンという枠のなかで論じられることはなかった。また、詩集『ワンス』（*Once*, 1968）で文壇デビューを果たしたアリス・ウォーカー（Alice Walker, 1944-）やのちのノーベル文学賞受賞者トニ・モリソンらアフリカ系女性作家が注目を集めるのは一九七〇年代以降のことになる。

この点を少し補足すれば、アフリカ系にアジア系やヒスパニック系を加えたエスニック系作家の活躍が文学史のなかで議論されるようになるのは、アフリカ系の人種差別撤廃を求めた公民権運動（一九五〇年代半ば―六〇年代半ば）とアジア系の社会参画を促したアジア系アメリカ運動（一九六〇年代後半―七〇年代半ば）を経てのことだった。こうした新しい芸術的担い手が展開する文学をポストモダンの一部と見なすべきか、それとも多文化主義、もしくはポストコロニアリズム、さらにはグローバル化時代の文学とジャンル分けすべきかについては、より広範かつ詳細な議論が必要で、それは別の機会に譲ることにする。

ポストモダニズム文学の革新性？

ここで改めて一九六〇年代に登場した初期のポストモダニズム文学を省みれば、その特徴は技巧的かつ実験的な語りにあった。ポストモダンの作家たちがマイノリティの抱える諸問題に関心を示さなかったわけではないが、少なくとも物語の主題は別のところにあった。その意味でポストモダニズム文学とは、「意識の流れ」に目を向け高度に洗練された語りを展開したフォークナーやジョイス、ウルフらによる革新的かつ実験的なモダニズム文学の流れを汲むものといえる。だから本書では、ポストモダニズムとはロマン主義からモダニズムを経て派生した西欧文学伝統にもとづく文化・芸術形式との前提で議論を進めてきた。
ただし、対抗文化《カウンターカルチャー》とともに文化の大衆化が急速に進んだ時代に求められていたのは、必ずしも文化の革新性《ラディカリズム》や洗練された形式だけではなかった。そして、ここに当時の作家のジレンマが生じる。その状況を『ケンブリッジ版アメリカ文学史』に論考「ポストモダンの小説」を寄稿したスタイナーは、次のように解説する。

一九六〇年代から一九七〇年代初頭にかけて、「高次」の普遍性を求める芸術は、窮地に追い込まれていた。ヘミングウェイやフォークナーによる実験主義は、教科書的に何度も模倣されることですでに硬直状態にあった。散文作家はイノベーションを求める試みを繰り返したが、大衆に認められるにはほど遠く、対抗文化が産んだ少数の過激派と見なされた。「真剣」に創作に取り組む作家は不満を募らせ、以前のやり方からは身を引くようになったものの、実験的な小説が向かうべき方向性を掴みかねていた。〔批評家では〕レスリー・フィードラーが、〔小説家では〕フィリップ・ロス〔Philip Roth, 1933-2018〕やスーザン・ソンタグ、ジョン・バースが揃って小説は死んだと宣言した。(Steiner 429)

この袋小路的状況から生まれたのが、語りの延命を求めるメタフィクション、すなわち「物語を書く作家についての物語」であり、「小説を書く行為をパロディー化する」物語だった(430, 429)。

それは同時に語りの総点検ともいえる作業だった。この文学実験と呼ぶにはあまりに冗長すぎる語りの脱構築に最も親和性が高かったのが、西欧文学伝統の中心につねに身を置いてきたいわゆる白人男性作家だった。

しかし、伝統文学の語りを見直すのであれば、それに相応しいのはむしろその中心から外れてきた作家ともいえる。ジャンルでいえばいわゆる純文学ではなく、ジェンダーでいえば男性作家よりは女性作家。一九六〇年代、SF・ファンタジーの世界に彗星のごとく現れた新進気鋭の女性作家アーシュラ・ル＝グィンは、その意味で本書の最後を飾るに相応しい存在だ。

壮大なファンタジー物語『ゲド戦記』(*The Earthsea Cycle*, 1968-2001) をはじめ数々の優れた作品を生んだ作家も、ポストモダニズム文学というカテゴリーのなかでは長く周縁的な存在として扱われてきた。そのル＝グィンの代表作のひとつ一九六九年出版の『闇の左手』(*The Left Hand of Darkeness*) は、両性具有の世界ゲセンを訪れる惑星テラから来た黒人男性使者ゲンリー・アイ (Genly Ai) の語りを中心に展開する。一九六〇年代末期、女性SF作家が描いた語りとは一体どのようなものだったのか。

ジェンダー的中立とはなにか

批評家小谷真理が「その名は独特の衝撃力を孕む」と絶賛したル＝グィン (114)。しかし、この優れた女性作家も『闇の左手』出版当初は、男性的な語りの模倣者として、フェミニストたちからは敬遠されていた。それというのも、惑星ゲセンの人々のジェンダー的役割は、ケメルと呼ばれる繁殖期をのぞけば概して男性的なものであり、両性具有でありながら彼／彼女らを指す人称代名詞には男性形の「彼」［he］が使われていたからだ。語り手アイが「女性という言葉はない」と報告するゲセンの世界は、両性具有というよりむしろ女性不在の男性社会に近い（28/53）。フェミニスト系ＳＦ作家の急先鋒ジョアンナ・ラス（Joanna Russ, 1937-2011）が、論評「ＳＦにおける女性のイメージ」（"The Image of Women in Science Fiction," 1972）でゲセン人の「ジェンダー的役割が男性的」であることを強く批判したのは有名な話だ（90）。

　同時にラスが指摘したのは、語り手アイが男である点だった。アイの男性的な視点から見るゲセンは、否応なしに男性的な価値観を反映する。ラスに追随するようにして、批評家パメラ・Ｊ・アナス（Pamela J. Annas）が、「ゲンリー・アイが女性だったならば、ゲセンも違って見えただろう」と指摘したのもうなずける（151）。作者ル＝グィンがいくら女性ではあっても、『闇の左手』における「語り」の仕組みはつねに男性的なのだ。

　この作品でネビュラ賞（Nebula Award）とヒューゴー賞（Hugo Award）の同時受賞というＳＦ界では最高の栄誉を得ながらも、「ゲセン人が男女両性具有者ではなく、男性のように見える」という女性たちからの批判は、ル＝グィン自身も気になっていたのだろう（"Is Gender Necessary?" 14/30 強調原文）。小説出版から七年後の評論「ジェンダーは必要か」（"Is Gender Necessary?" 1976）では、『闇の左手』執筆当時のことを次のように振り返っている。

私の実験のテーマは何かというと、おおよそ次のようなものだった。人は生涯を通じて社会的に条件づけられるため、生理学的な形態と機能を除けば、なにが男性と女性を真に区別しているのかを正確に判断しにくい状況にある。気質、能力、素質、心の動きといった点で本質的な差はあるのだろうか？［中略］私は性的役割分担《ジェンダー》をなくしたときに、なにが残るのかを見きわめようとした。残されたものが何であれ、きっとそれが単純に人間的なものということになるのだろう。男性と女性によって等しく共有される部分を明確化することになるだろう。(9-10/22-23)

一方、ラスらに指摘された両性具有のゲセン人を指す人称代名詞について、「彼／彼女」("he/she")にあたる代名詞を新たに作り出すことは、「英語という言語を台無しにする」行為だとル＝グィンは見なした。よって、総称的な「彼」という代名詞の使用に「大きな問題はない」とした。そして、書き手であるル＝グィンに、「ゲセン人登場人物に見られる女性的な要素を行動によって示す」だけの充分な筆力さえ備わっていれば、「代名詞はまったく問題にはならなかっただろう」と、自らの未熟さを認めながら弁明した（15/30, 31）。

こうした説明がフェミニストたちを満足させることはなかった。その結果、一九八七年には新たな註釈を付した改訂版「ジェンダーは必要か——再考」("Is Gender Necessary? Redux")において、再度の軌道修正を迫られた。そこでは人称代名詞の問題にも積極的に取り組む姿勢を示し、英語における総称的かつ包括的な "he" という人称代名詞の使用が、一六世紀に男性文法学者によって定型化されたことを批判的に指摘した――それ以前の英語では、「彼ら」("they/them/their") という人称代名詞が単数形としても使われていた (cf. 15/30)。

さらに『闇の左手』の脚本化を手がけたという一九八五年には、「妊娠していない、あるいは繁殖期ではないゲセン人を指すのに、イギリスの方言をモデルに "a/un/a's" という代名詞を充てた」ことにも触れ、原作では女性の視点が不足していたことを次のように弁解した (15/31)。[1]

今思えば、男性読者はこの本に満足していたことだろう。『闇の左手』では従来通りの男性的な視点から、両性具有の世界への旅を安全にまっとうすることができたのだから。しかし、多くの女性読者はもっと女性的な視点から両性具有の世界を大胆に掘り下げて欲しかったのだと思う。[中略] 女性たちが私にもっと勇気をもつことを促し、より正確に [語り手のジェンダーが] 意味することを考えるように求めたのはもっともなことだった。(16/32)

「冬の王」におけるジェンダーの書き換え

このように、まだ女性作家が少なかった一九六〇年代から、SF界はもちろんのこと、文学の世界全般を牽引してきた先駆者だからこその苦労と困難がル＝グィンにはあった。その結果、自らの作品を批判的に振り返るだけではなく、作家ならば本来手を付けたくないような作業に取り組むこともあった。その一例が「冬の王」（"Winter's King," 1969, 1975）に施された大胆な人称代名詞の変更だった。

『闇の左手』の舞台となった惑星ゲセンにある王国カルハイドの末路を描くこの短編は、SF作家デイモン・ナイト（Damon Knight, 1922-2002）が編集を手がけたアンソロジー『オービッド』第五巻（*Orbit 5*, 1969）に掲載されたのが初出だ。その時期は一九六九年九月で、『闇の左手』出版から半年後のことだった。ただし、「冬の王」の執筆時期は『闇の左手』から遡ること一年前。当時のル＝グィンにはゲセンの人々が両性具有だという構想はまだなかった（cf. "Winter's King," *The Wind's Twelve Quarters* 93/163）。だから、カルハイド王アルガーベン一七世をはじめとする登場人物は男性であり、彼らを呼ぶ人称代名詞には当然「彼」が使われた。

その内容はといえば、何者かによって誘拐され薬物による洗脳を受けたアルガーベン一七世。救出されはしたものの、洗脳された自らの統治能力に疑問を抱くと、王国の末路を案じて譲位を決意。幼い王子エムランに国を託すと、惑星テラへと亡命する。しかし、父親を失ったエムラン王はやがて狂気に陥り、その愚行から王国を失墜させてしまう。この苦境に国を立て直すべく、有志に連れられカルハイドに戻ったアルガーベン一七世が目にするのは、すでに自死を遂げたエムランの無残な姿。この王位継承を主題とする悲劇的物語に、批評家は「エディプス的祖型」を読み取ると（安田 514）、その「裏返し」の筋立て――すなわち無意識的な親殺しならぬ子殺し――に興味を示した（"Winter's King" 94/164）。

その後、この作品がル＝グィン初の短編集となる『風の十二方位』（*The Wind's Twelve Quarters*, 1975）に収録されるのは、『オービッド』掲載から六年後の一九七五年。『闇の左手』への批判から、ル＝グィンがジェンダーの問題に頭を悩ませていた時期だった。「多くのフェミニストたちは、『闇の左手』において両性具有の人々が全編を通じて「彼」と呼ばれることを嘆くか、もしくは憤慨していた」（"Winter's King" 93/163）。

この批判を重く受け止めたル＝グィンは、短篇集転載を好機と捉え、「冬の王」に大胆な変更を施した。『闇の左手』に倣いカルハイド王国を両性具有の国に仕立て直した上で、主人公アルガーベン一七世を含む登場人物を指す人称代名詞を女性形の「彼女」［she］に置き換えたのだ。英語には存在しない不自然な造語を用いることを望まないル＝グィンにとって、「彼」でなければ「彼女」という人称代名詞を選ぶのが、『闇の左手』で指摘された言語的な「不公正さ」を「是正する」唯一可能な手段だった。

この点について、ル＝グィンは改訂版「冬の王」冒頭に添えた解説で、次のように説明する。

この修正版を刊行するにあたり、私はわずかながらも［「彼」が総称的な人称代名詞として使われてきたことによる］不公平さを是正する機会を得た。ここではすべてのゲセン人を指すのに女性形の人称代名詞が使われている。王とか主君といった男性的な称号を維持したのは、［両性具有という］曖昧さを残すためだ。フェミニストではない読者は怒るかもしれないが、これが唯一正

当なやり方なのだ。(93/164)

トランスジェンダーが一般的に認知される現在では、"they/them/theirs"に加え"it/it/its"はもちろんのこと、"ze/hir/hir"であったり"per/per/pers"などの造語が、その多様性を表現するために使われる。しかし、ル＝グィンがこの問題に直面していた一九七〇年代には、まだ政治的妥当性、すなわち「ポリティカル・コレクトネス」("political correctness")という考えは一般化しておらず、造語を使用することへの敷居は格段に高かった。そうしたなかで、近世の文法学者が定めた「彼」という一般人称代名詞を用いるという男性社会が定めた規範を逃れるには、「彼女」という人称代名詞を代用するのが、ル＝グィンにとっては妥当な選択肢だったといえる。

もちろん「彼」から「彼女」への変更は、単なる人称変更ということではなく、『オービッド』版に見られた男系社会におけるエディプス的テーマの書き換えにもつながる。この点に関するル＝グィンの見解は以下の通り。

登場人物の両性具有性は、物語中の出来事とはあまり関係ない。だから人称代名詞を変更したことで、親と子の中心的かつ逆説的な関係は、エディプス的なテーマの裏返しではないことが明確になった——改稿前にはそのように見えたかもしれないが。[この物語に描かれる親子関係は]それほど一般的なものではなく、むしろ曖昧なものなのだ。どうやら私の無意識が、それとわかるずっと以前からゲセンの人々［が両性具有であること］を理解していた。いつもこんな調子で物事は進んでいく。（93-4/164）

やや言い訳がましく聞こえるが、「冬の王」改稿時のル＝グィンにしてみれば、男性読者をターゲットにしたエディプス的テーマよりも、女性読者、とりわけ一九七〇年代に入り俄然勢いづいていたフェミニストたちを意識した物語を提案することのほうが重要だったのだろう。当初はどちらかといえば保守的な立場を堅持していただけに、一度文壇の流れが変わったときに大きく舵を切り直す必要がル＝グィンにはあったと思われる。

改稿版「冬の王」が『風の十二方位』に収められた結果、『オービッド』版はお蔵入りとなり、およそ半世紀の間、ひと目に触れることはなかった。それが復刻するのは二〇一七年のこと。改稿版の補遺として収録された『ル＝グィン全集第一巻』(*Ursula K. Le Guin: The Hanish Novels and Stories vol. 1*)においてだった。

SF界における女性

では、一九六〇年代女性解放運動の時代から「自らをフェミニストだと考えていた」ル＝グィンが、初期作品ではなぜ男性寄りの視点を示していたのだろうか（"Is Gender Necessary?" 7/19）。この点を理解するには、ル＝グィンを取り巻く当時のSF界の状況を理解しておく必要がある。

アメリカでは一九三〇年代に大衆小説として人気を博したSF小説だったが、その背景には左翼系プロレタリアート文学があった。大恐慌の時代、苦しい生活を強いられた労働者階級の開放をユートピア的に指向し、機械技術によって達成される楽観的な未来像を掲げたのが、SFという新しい小説ジャンルだった。(2) 実際には資本家の独占の下、労働者はむしろ機械化される職業空間のなかに搾取されていくのだが、この楽観主義はその後も受け継がれ、多くの読者を獲得した。

こうした歴史的背景も手伝い、SF界では書き手も読み手も多くは男性が占めていた。SF小説の魅力を論じた小説家キングスリー・エイミス（Kingsley Amis, 1922-95）の『地獄の新地図』（*New Maps of Hell*, 1960）によれば、一九六〇年頃の女性SF作家の数は男性作家の五〇分の一程度（39）。また、読者層における女性の割合は五％から二〇％ときわめて低いものだった（38）。ル＝グィンら新進気鋭の女性作家の登場は、この状況に幾ばくかの変化をもたらしたものの、「SF自体が圧倒的に男性中心的なジャンルであった」ことは否定できない（Annas 144）。数少ない女性作家のターゲットは多数派の男性読者であり、よって男性読者を想定した執筆が要求された。

そうした事情もあってか、一九八二年のインタビューで『闇の左手』着想について問われたル＝グィンは、それがはるか彼方に見える「氷上でソリを引く二人の人間のイメージ」から出発したと述べ、二人の性別のことは意識していなかったことを明かしている（McCaffery and Gregory 78）。「冬の王」がそうだったように、少なくとも『闇の左手』執筆の初期段階において、ジェンダーの問題はル＝グィンの念頭にはなかった。

実際、両性具有のテーマが浮上するのは、より具体的に小説の内容を検討しはじめてからのことだった。そのときの様子をル＝グィンは、次のように振り返る。

私にはビジョンというか、心のなかに構想がありました。国の歴史を考えるとかそういったことです。そうした計画から出発していくなかで、この惑星の人々にはどこか不思議なところがあることに気づきました。彼らの誰もが男なのだろうかという疑問が浮かんできました。そのときこう思いました。「みんな男じゃない。男でも女でもない。そう、両方だ。なんて素敵なアイディアなんだろう……」(Ibid. 78)

他者の世界へ入り込む

批評家が指摘し、また本人自らも認めるように、ル＝グィンの創作世界には、人類学者だった父の影響が色濃く残る。現実世界を対象とする人類学と、想像の世界を創り出すＳＦでは方向が異なるようにも思えるが、どちらも未知の世界との遭遇から、自己の価値観を見直し更新するという点で通じる部分は少なくない。ル＝グィンが言うように、「ＳＦ小説では、異なる文化に属す他者の身に自らを置くことが期待されている」のだ（“An Interview” 65）。

この基本的な姿勢に徐々にジェンダーの問題が入り込んでくるのが、一九六〇年代後半から一九七〇年代にかけてのこと。『闇の左手』はその最初の作品だったといえる。その意味では、彼女が文字どおりのフェミニストであろうが、むしろ男性寄りの視点をもった作家であろうが、そのことで作品の価値が貶められるものではないだろう。重要なのは、自らの異種性を意識し、異なる視点から語ることなのだから。

実際、『闇の左手』のゲンリー・アイは、本書で取り上げてきた語りの担い手たちとは異なる存在だ。惑星テラから来たというこの異世界からの使者は、ゲセンの人々から見れば肌の色は黒く、男という恒久的な性をもつ点できわめて特殊だ。「みんな、おまえのようなのか？」と驚きを隠さないカルハイド国王アルガーベン一五世に、アイは「ゲセンの人々の性的な生理学」こそ「人類世界においてはきわめてユニークなもの」であることを指摘し、このハードルを越えるべきはゲセン人の役目だと考える（*The Left Hand of Darkness* 28/54-55）。

とはいえ、周囲から異なるのは無論アイの方で、彼が置かれた人種的・性別的孤立は、これまで本書で取り上げてきた語り手たちが置かれた状況とは大きく異なる。なるほど文学の語り手とは、つねに周囲から孤立した存在ではあった。しかし、それは物語を語るために必要なカメラ的距離を対象から保つための手段であり、語り手と読者の間にはつねに男性社会的《ホモソーシャル》な連帯があった。つまり語り手の男性的な視線が、読者の知的欲望を代理執行してきたのだ。

よって女性が読書行為を通じてなにか違和感を抱くならば、それは作者が男性を仮想読者と想定していることから生じる男性的連帯への違和感にほかならない。また、文学伝統の外側に立つ人種的他者——すなわちアジア系やアフリカ系——にとっても、白人文学コミュニティの外側に置かれたことへの違和感があったはずだ。

ところが『闇の左手』においては、文学伝統のなかで踏襲されてきた語り手と読者、すなわち多くの白人男性読者との連帯にほころびが見られる。その原因は、まず第一にゲンリー・アイの人種性にある。まだ公民権運動の熱気冷めやらぬ一九六〇年代後半、当時多数を占めていた白人男性読者は、アイの「黒さ」に違和感を覚えたことだろう。また、男であることが特別視される世界に身を置くことで感じる居心地の悪さは、それまで女性読者が男性的な文学伝統のなかで経験してきたことに相当する。(もっとも、女性読者たちが、女性作家の作品でありながら『闇の左手』の「語り手」が相も変わらず男性であることに違和感をもったことは、すでに指摘した点である。)

ともあれ、読者が語り手との間に感じる距離は、本を読み進むにつれて縮まっていくものだ。それが一人称の語り手であろうと三人称の語り手であろうと、あるいは全能の語り手であっても、読者は語りの視点と自己の視点を徐々に重ね合わせながら、物語世界に入っていく。つまり語り手が人種性をもつならば、白人読者はその視点から世界を見ることになる。また、男性の語り手を通じて、女性読者は男性的視点から世界を理解する。つまり、読者は語り手の思考形態に染まっていく。語り手の設定が物語の受容に多大な影響を与えるのはそのためだ。

だから『闇の左手』における語り手アイが示す人種性は、一九六〇年代のアメリカの一般読者にとって、きわめて挑発的なものだったと想像できる。一方で、両性具有の世界を描きながらもその語り手に男性を選んだことは、フェミニストたちには大きな失望だったろう。ましてや両性具有の人々を指す人称代名詞が「彼」であることは、女性性の否定であり男性的価値観を改めて肯定することにほかならなかった。

開かれたパンドラの箱

一方、のちのインタビューで、ル＝グィンは語り手ゲンリー・アイに込めた名づけの意味を明らかにしている。まず、「ゲンリー［Genly］とはヘンリー［Henry］という［英語では一般的な］名前が時間とともに変化したもの」だという。音声的に“h”が“g”に変化する点は、「ロシア語で見られる変化」に倣ったものだそうで、加えて“r”を“l”に置き換えた。これは日本人が英語発音で犯す間違いを意識したのかもしれない。

それにしても、なぜ数ある名前からヘンリーを選んだのだろうか。古フランス語を起源とするヘンリーという名前は、さらに起源を辿ると古ゲルマン語に行き着く。そこでの意味は「家長」。ドイツ語で「家」を意味する“heim”と「支配者」を意味する“ric”の組み合わせから成る語だ。宇宙連合エクーメンを代表する惑星テラからの使者に相応しい名前ということか。

その「ゲンリー」という名前と組み合わせる姓は「アイ」。これについては、最初に思いついたのは「アオ」だったという。「ゲンリー・アオ」［“Genly Ao”］。これでは痛みを感じるときに発する、「「オー」［ow］という声にあまりに似ている」。そこでル＝グィンは、「良い響きの名前が出てくるまで［自らの声を］聞き続けた」。すると「アイ［Eye］、アイ［I］、アイ――［Aye］、アイ［Ai］」と音と綴りが徐々に変化していったという。最終的に「アイ［Ai］」に落ち着いたのは、それが「日本語で「愛」を意味する」から。

この名づけのプロセスについて、ル＝グィンは次のように語る。

> これ以上の意味［「愛」］は名前に望めません。こうしたことが上手くいったとき、それに決めるのです。しかし、それは決して意志によるものでもなければ、意識的かつ意図的なことでもありません。むしろなにかをこじ開けるような感覚です。ずっと待っていたなにかが飛び出してくるような感覚です。パンドラの箱のようなものではないでしょうか。(McCaffery and Gregory 81)

ル＝グィンのパンドラの箱から飛び出してきたのは、アイという有色の「語り手」だった。その特徴は「愛」。異なる価値観をもつ世界を結びつけようとする友愛の使者に相応しい名前になった。

さらに出版から五〇年以上の時を経た今日、執筆時のル＝グィンが必ずしも「意識」せずとも、その「無意識」のどこかに潜在的に眠っていたであろう新たな意味が、この語り手の名前に加わるような出来事が世界で起きている。ＡＩブーム。そう、「アイ《AI》」は「愛」であると同時に、現代の読者にとっては〝ＡＩ〟ではないだろうか。『闇の左手』を人工知能的な語りとして読み直せば、ゲンリー・アイのジェンダーは変わらずとも、その含意は異なってくる。[3]

そもそも『闇の左手』という物語は、ゲンリー・アイの語りを中心に構成されてはいるものの、決してそればかりではない。たとえば第一章「エルヘンラングの行進」は、ハインに公文書として保管されているアイが書いたゲセン調査報告書であり、第二章「ブリザードのこちら」はゲセンに保管される古文書内のサウンドテープで、その語り手は不明だ。これに東部カルハイドの民話（第四章、第九章）、エクーメンの女性調査員オング・トット・オポングによる調査報告書（第七章）、カルハイドの隣国オルゴレインで編まれた教典からの抜粋（第一二章）、オルゴレインの創世神話（第一七章）が加わる。残りは、アイの語り（第三章、第五章、第八章、第一〇章、第一三章、第一五章、第一八章、第一九章、第二〇章）。それに、アイとの関係からカルハイド王国を反逆の罪で追われた元宰相エストラーベンの語り（第六章、第一一章、第一四章、第一六章）だ。

エストラーベンの語りは、彼が残した手記が出典なのだろう。第一一章には、逃走中のエストラーベンが「なぜこのような手記を書き続けるのか」と自問する場面がある（125/191）。また、オルゴレインで拘束されたアイをエストラーベンが救出した後、氷上での逃避行のさなかに、アイがエストラーベンの日記に言及する場面がある（cf. 221/323）。一方、エストラーベンはといえば、アイをカルハイド王国に送り届けると、国境警備兵の銃口の前に半ば意図的に身を投げ出すようにしてこの世を去る。物語はアイがエストラーベンの残した手記を故郷エストレに住む息子ソルベの元に届ける場面で閉じる（cf. 251/367）。

だからエストラーベンの語りとは、アイが彼の手記を読む場面と理解したほうがよさそうだ。また、『闇の左手』とは、語り手アイの視点から書かれた物語というよりは、アイが読み込む資料の総体と考えるべきだろう。その様相は、生成ＡＩがネット上の資料を読み込む現代のわたしたちが置かれた状況を予期するものだ。人工知能的なデータベースが他者との出会いを語るという未来指向のＳＦ小説が、作者ル＝グィンの「意図」を越えて、すでに一九六九年に書かれていた。

おわりに

レイモンド・フェダマンが語るポストモダンの語り

ポストモダンの語り

我ながら地味な本になったと思う。それこそポストモダニズム以降の文学研究といえば、新歴史主義、ポスト植民地主義、クイア理論といった理論研究から、ジェンダー・スタディーズ、トランスレーション・スタディーズ、批判的難民研究、環境文学研究といったようにつねに最新のトピックを追うようにして展開されてきた。しかし、本書ではもう一度基本に立ち返り文学の語りを徹底的に分析する精読のアプローチを取った。

その理由は主に二つある。ひとつは小学生の頃によく読んだ探偵小説、なかでもシャーロック・ホームズの影響だと思う。もちろん主人公ホームズの優れた推理力と演繹力に惹かれていたのだが、それだけではない。この名探偵の頼れる相棒であり物語の語り手でもあったワトソン博士の存在のおかげで、ドイル（Aurthur Conan Doyle, 1859-1930）の名作がより一層魅力的に思えた。当時怪盗ルパンや明智小五郎、さらには名探偵ポワロやオーギュスト・デュパンなど、多くの探偵小説を読み漁っていたなかで、ワトソンが語るホームズの物語は特別だった。

もうひとつは、大学院時代バッファローで出会った恩師のひとりレイモンド・フェダマン（Raymond Federman, 1928-2009）の存在。決して売れるようなタイプではないもののポストモダンの作家として確固たる地位をすでに築いていたフェダマンの指導を間近で受けたことで、文学への理解が深まったのは当然のことながら、語ることの大切さを改めて思い知らされた。

そのフェダマンがあるときピンチョンについて語りはじめた。「タカシ、なんで『重力の虹』がすごい作品かわかるか？ 『V.』も『競売ナンバー49の叫び』も過去形で書かれているだろう。ところが、『重力の虹』は現在形の語りなんだ」。そして、はじまる朗読。「一筋の叫びが空を裂いて飛んでくる。前にもあった、だが今のとは比べようがない」(*Gravity's Rainbow* 3/ 上―13)。そして、繰り返し唱える。「そう、これは「比べようがない」んだ。これこそポストモダンの語りだ。普通、物語っていうのは、過去のことしか語らない。そうだろう。でも、『重力の虹』は違う。ピンチョンだって現在形で書いているのは、この小説だけだ」。

誤解のないように補足しておけば、『重力の虹』も最初から最後まですべて現在形の語りというわけではない。途中に挿入されるいくつものエピソードの多くは過去形の語りだ。ただ、この印象的な出だしや、「さあ、ご一緒に」のかけ声が響き渡る最終場面など、いわゆる地の文章は現在形で書かれている（760/ 下―699)。現在形の語りがもつ効果はすでにバースの章で論じたことだが、その切羽詰まった落ち着きのなさこそが、ポストモダンのなんたるかを意味する最大の特徴といえる。だから、フェダマンはこう付け加えるのを忘れなかった。「それともうひとり現在形で語っている作家がいる。誰かって？　もちろん俺だ。」

これにも同様の註釈が必要だろう。いくらフェダマンが優れた作家だとしても、すべての語りを現在形で押し通す筆力はない。というより、そもそもそれは語りとしてほぼ不可能なことなのだろう。むしろフェダマンの語りで特徴的なのは、彼が語りの恣意性をとても強く意識している点ではないだろうか。

フェダマンの語り

ここでフェダマンのことを、改めて紹介しよう。

フランス生まれのユダヤ系作家フェダマンは、第二次世界大戦のフランスを生き延びたホロコーストの作家。戦時中家族と住んでいたパリのアパートには、ナチス・ドイツの秘密警察、いわゆるゲシュタポの捜査が迫っていた。しかし、母親によってクローゼットに隠されたフェダマンは危うくその難を逃れた。一方、ひとり息子を残しアパートから逃れた両親と二人の姉妹は、その後アウシュビッツ強制収容所に送られ絶命したという。生き延びたフェダマンは、南仏の農村で戦禍を逃れた。

戦後シカゴに住む親族を頼りにアメリカに渡ったフェダマンは、朝鮮戦争に従軍。退役後に支給された奨学金でコロンビア大学に進学すると、さらにカリフォルニア大学ロサンゼルス校大学院で、ベケット研究に従事し博士号を得る。そして、カリフォルニア大学サンタバーバラ校、ニューヨーク州立大学バッファロー校で教鞭を執った後、一九七一年『イチかバチか』(*Double or Nothing*)で作家デビュー。一九七三年パリに戻ると憧れの人ベケットの下で、さらなる作家修業を積んだ。そのテーマはもちろんホロコースト。それは彼の人生のすべてであり、なにもかもがそれを起点とする。事実、フェダマンは自らの出自に深く関わるこの問題を、繰り返し作品のなかで問い続けた。

なかでも、英仏両語で書かれた『クローゼットの中の声』(*The Voice in the Closet/La voix dans le cabinet de débarras*, 1979)は代表的なホロコースト文学。片面を開くと英語版の物語がはじまり、もう一方の面を開くとフランス語で同じ物語が読める。すべての単語は小文字で綴られ、句読点は一切ない。モダニズムの「意識の流れ」を想起させる作品。フェダマン自身の分身であり、ベケットへの憧憬から名づけられた少年サム(ベケットの愛称)の視点から、戦時中家族が居なくなったパリのアパートメントでの出来事、そして新天地アメリカで作家となった彼の分身「フェダマン」との相克が語られる。

一方、翻訳も手に入る『嫌ならやめとけ』(*Take It or Leave It*, 1976)は、アメリカで軍人としての新生活を送る若いフランス系移民、その名もフレンチーの物語。この入隊したての青年は、ノースカロライナ州の軍事施設フォート・ブラッグ(現在のフォート・リバティ)から、朝鮮戦争へ出兵すべくサンフランシスコへ向かうはずなのだが、紆余曲折あってなかなか計画通りに進まない。ついにはこの物語の語り手でもあるフレンチー自身が、サンフランシスコ行きばかりか語りそのものも破棄《キャンセル》すると宣言する。「……役に立たない本はゴミ箱に捨てられる……」。
物語の筋書きがいかに意図的かつ恣意的であるかを示すと同時に、語る行為そのものが作為的であることを物語化した作家フェダマンの究極の語り。さらに批評家をからかっているのか、この作品にはページ数が印字されておらず、引用元を明確に示すことすらできない。これを単なる文学的ボードビルと捉えるか、真剣なポストモダニズム的実験と捉えるかは、読者の判断次第だろう。筆者の正直な感想をいえば、はじめてフェダマン作品を読んだときには、やはり戸惑いもあった。

ポストモダンのアフターライフ

フェダマン自身も彼の語る物語への正当性をつねに意識していたのだと思う。評論集『クリティフィクション』(*Critifiction*, 1993)には、あるカンファレンスで起きた出来事の記述がある。

数年前、サンフランシスコでの文学カンファレンスでのこと。私は論文を発表し、自分の作品を朗読していた。すると敵対的な批評家が公然と多くの聴衆の前で、私の人生の最も重要かつ最もトラウマ的な瞬間に疑問の声を上げた。彼は、私が**クローゼット体験**と呼んできた出来事が真実であるかを問い正した。(95 強調原文)

フェダマンによれば、この批評家はパリのアパートからはじまるフェダマンの人生の大半がでっち上げで、創作のために作り上げたネタ話だと言ったばかりか、死んだとされる家族が今でも生きているとまで主張したという。フェダマンは続ける。

彼の話を聞きながら、私自身まさにその体験が真実なのか疑問に思えてきた。［中略］本当はなにもなかったのではないか。［中略］すべては夢なのではないか。すべては注目を浴びるために作り上げた物語なのではないだろうか。結局のところ、それは良く出来た話ではある。(96)

フェダマン自身認めるように、彼のクローゼット体験は「証明しようにも証明できない」(97)。繰り返しフェダマンが小説や詩で描いてきた戦時中の体験は、もはや当の本人ですら確かめようがない。だから、サンフランシスコでフェダマンは、この批評家に一切反論しなかった。ところが、ここでフェダマンが予想だにしなかったことが起きる。

痛烈かつ非倫理的ともいえる批判を展開した批評家は、次のように質問を締めくくったという。

「フェダマンさん、私はあなたの人生の出来事については疑わしいと思っています。あなたの伝記的事実を信じていないのかもしれません。しかし、これだけは認めなければいけません。私はあなたが小説で語る物語には充分納得しているのです。納得しているだけではなく、深く心

を打たれました。私はあなたの物語を信じます。」(99)

この体験を通じてフェダマンは、「現代小説は記憶された出来事ではなく、(映画のように)読者の目の前で、今現在展開される作られた出来事を元に書かれる」ものなのだと論じる(強調筆者)。「そう、[物語は]現在もしくは未来に向かうのだ。だから[小説を書くために]誰がなにをしたといった過去の出来事を思い出す必要はもはやない」(101)。

著作を通じてだけではなく、フェダマン本人から直接話を聞いた筆者には納得がいく話だが、読者のみなさんはこれをどう思われるだろうか。フェダマンと過ごしたときからすでに三〇年近くが経った。フェダマンその人はもはや他界し、ポストモダンという言葉もかつてほど聞かれない。しかしながら、フェイクニュースが巷を流れ、SNSが全盛である今、フェダマンが言っていたことは必ずしも古びて役に立たないというわけでもないだろう。

ただひとつ言えることは、フェダマンが自らの人生をもって実践した実験的ポストモダニズム文学の時代は、どこかに過ぎ去ってしまったということ。もう一度『クリティフィクション』から。

「ピンチョンが『重力の虹』で描いた」空を裂いて飛んでくる叫びのように、ポストモダンの小説は来ては過ぎ去っていった。「今とは比べようがない」。それは頭上を通り過ぎていった。私たちの側を迂回していった。しかし、それはどんな前衛主義運動にも共通していることだ。避けて通ること、脇をすり抜けていくこと。いかなる前衛主義芸術もその目的を達成するだけの時間をもたない。ポストモダンの小説も途中で遮られてしまった。（109 強調原文）

ここでフェダマンが言う「ポストモダンの小説」とは、一九六〇年代にその起源を辿る実験主義的な初期ポストモダニズムの作品のことだ。フェダマンには、時代の変化によってポストモダンという概念そのものが更新していくという発想があまりなかったのかもしれない。筆者としては、用語はそのままに一九八〇年代以降もポストモダニズムは、あり方を変えて生き延びてきたと思いたい。ただし、そのアフターライフとしての後期ポストモダニズムも、あるいはすでに終わったか、終わりを迎えつつあるように感じる。

以上の認識の上で敢えていうのなら、ポストモダニズムに代わる別の時代区分があるのかというと、それには正確な答えが見つからない。実際、過去に「ポストモダニズムの死」（Kirby）や「アフター・ポストモダニズム」（Coffman and Savvas）、また「ポスト・ポストモダニズム」（Nealon）といった議論が繰り返しあったが、そのいずれもがポストモダニズム理論の再生産か変異に留まっていたように思う。本書では、そういう時代環境のなかで、今一度一九六〇年代ポストモダニズム文学の語りを総括したつもりだ。

そんななかでやり残したと感じているのは、一九八〇年代以降の後期型ポストモダニズム文学の語りを明らかにすることだ。カーヴァーやオブライエンらが活躍した時代。ミニマリズムと多文化主義の時代でもあった。文化全体がメッセージ性重視のものからエンタテインメント色を強めていった消費文化の時代でもある。この時期ポストモダニズムは、文学批評の業界用語としてまずはインフレ的に繰り返し使用されるようになり、やがてそれ自体消費されていった。次は後期ポストモダニズム文学の総括ができればと願いつつ、本書を閉じたい。

本書執筆にあたっては、小鳥遊書房の高梨治氏に大変お世話になった。コロナ禍後に再会した対面での学会で、高梨氏と交わした昔話が、本書執筆のきっかけだった。その中身はといえば、二〇〇〇年あたりから二〇年近く教鞭を執っていた母校慶應義塾大学文学部での授業のこと。ポストモダンの短編を読み続けたそのときの経験と蓄積がなければ、これほどスムースに本書執筆は進まなかっただろう。すでに忘れかけていたことが大切なことだと気づかせてくれた高梨氏にはもちろんのこと、当時受講してくれた学生たちにも遅ればせながら感謝申し上げたい。

また本書刊行にあたっては、科学研究費助成基盤(C)「ベトナム戦争と文化の越境——太平洋横断的アメリカ文化の形成と展開」(課題番号21K00377)のサポートにより、幅広い視点からポストモダニズム文化を見直す調査・研究機会が得られた。関係諸氏には深く感謝申し上げる。

二〇二四年初夏の東京にて

麻生　享志

【付録】 ポストモダンの諸相

コラム① ポストモダンかポストモダニズムか？

ただでさえわかりにくいというのに、あちらこちらで半ば無分別に使われる「ポストモダン」と「ポストモダニズム」という二つの用語。

日本語版『ウィキペディア』を参照してみれば、「ポストモダンまたはポストモダニズム」と区別なく記載されている。『日本大百科全書』でも『日本国語大辞典』でも変わりない。果たして両語に区別はないのか。

そこで『オックスフォード英語辞典』（以下OED）で両語の意味を確かめる。すると「ポストモダン」には名詞的用法と形容詞的用法があり、「ポストモダン」の名詞的用法には「ポストモダニズム」と同じとある。やはり同じなのか。

次にそれぞれの語の用例を確かめる。すでに「ポストモダン」については、本書「はじめに」で概観したが、その特徴は文学・芸術への参照例が主だった。一方、「ポストモダニズム」の場合には、神学からの引用例が目を引く。

最初の例は、キリスト教三位一体論に異を唱えるジャマイカ生まれの自称クレオール、ロバート・

ヒッバート（Robert Hibbert, 1769-1849）が創設した財団ヒッバート・トラストが発行する『ヒッバート・ジャーナル』誌（*The Hibbert Journal*）から。一九〇二年創刊の同誌一九一四年七月号に掲載された論文、その名も「ポスト＝モダニズム」（"Post-Modernism"）で、イギリスの神学者ジェイムス・マシュー・トンプソン（James Matthew Thompson, 1878-1956）は、「ポスト＝モダニズムの存在意義は、モダニズムが迷い込んだ精神的袋小路から抜け出すことである」と記した（744）。

また、米国聖公会牧師のバーナード・イディングス・ベル（Bernard Iddings Bell, 1886-1958）が『ポストモダニズム論集』（*Postmodernism, and Other Essays*）で、「神の御心がポストモダニズムを創り給うだろう」と述べたのは、一九二六年のこと（54）。

このように二〇世紀初頭において、ポストモダニズムという概念は文化・芸術だけではなく、キリスト教神学の世界でもキーワードとして用いられた。その目的は西欧近代、すなわちモダニズム的世界が陥った非人間的な機械文明から抜け出すこと。ポストモダニズムを神不在の時代の文化・哲学的概念と理解している読者には、意外に思えるだろう。

また、最近のＯＥＤの用例からは削除されているようだが、以前は歴史学の権威アーノルド・トインビー（Arnold Toynbee, 1889-1975）が名著『歴史の研究』第五巻（*Study of History*, 1939）において、第一次世界大戦以降の新しい時代を「ポストモダンの時代」と呼んだことが記されていた（43）。大量殺戮兵器が使われ多くの犠牲者を出した大戦後、宗教や歴史の世界では、新たな思考への高い期待があったようだ。

このことは建築学の分野でも確認できる。アメリカのモダニズム建築を牽引したジョセフ・ハドナット（Joseph Hudnut, 1886-1968）は、技術ばかりを盲信するモダニズム建築へのアンチテーゼとして、ポストモダニズム建築に人間性の回帰を求めた。第二次世界大戦末期の一九四五年、建築学系ジャーナル『レコード』誌（*Architechtural Record*）五月号掲載の論考「ポスト＝モダンの家」（"The Post-Modern House"）では、建築学を「科学技術」的営みから、「精神的質感」を補完する「アート」に変える「表現を探求」する試みだと論じている。同時にそうした家に住む人を、「ポストモダンの所有者」と呼ぶことが提案された（71, 75）。

一九六〇年代一気に成熟期を迎えるポストモダニズムは、西欧近代が失いかけた精神性の追求を起源にする文化なのだ。「ポストモダン」とは、その文化・芸術様式のあり方や様態をあらわす言葉で、「ポストモダニズム」とはその背後にある概念を示す用語と理解するのがもっとも適当といえる。

コラム② リオタール『ポストモダンの条件』

哲学の世界でポストモダンという用語を広めたのは、フランスのポスト構造主義哲学者ジャン・フランソワ・リオタール（Jean-François Lyotard, 1924-98）だ。『ポストモダンの条件』（*The Postmodern Condition: A Report on Knowledge*, U of Minnesota P, 1979）に収められた小篇「ポストモダニズムとはなにか？」（"What Is Postmodernsm?"）では、イマヌエル・カント（Immanuel Kant, 1724-1804）が第三批判『判断力批判』（*The Critique of Judgment*, 1790）で展開した「崇高」と「美」の概念を援用し、モダンとポストモダンの違いを美学的視点から論じている。

カスパー・フリードリヒ《雲海の上の旅人》1818年、ハンブルク美術館蔵

カントによれば、「崇高さ」とは男性的な力強さを表す概念だが、その超絶対的な大きさを表象の枠のなかに収めることはできず、芸術家はこれを隠喩的に表現してきた。その典型例としてよく示されるのは、カスパー・フリードリヒ（Casper David Friedrich, 1774-

1840）が描いた《雲海の上の旅人》（*Wanderer above the Sea of Fog*, 1818）。山の頂から雲海を見下ろす哲人の姿に、ロマン派の画家は「崇高さ」を表現した。

リオタールはこのロマン主義的概念を念頭に、「モダンの美学」を郷愁の念から過去を振り返る「崇高の美学」だと解釈する。そこでは「表現しえないなにか」を「欠如」としてしか表現できない。それでも、その「なにか」を表現しようとする芸術的企てに、鑑賞者は「慰め」と「喜び」を見いだすという（"What Is Postmodernsm?" 81）。

一方、ポストモダンとはモダンの美学が表せなかったものを「現前化させる」行為そのものを指す（81）。ゆえにリオタールは逆説的に言う。「作品は、はじめにポストモダンである場合にのみ、モダンになり得る。こう理解するとき、ポストモダニズムとはモダニズムの終着点なのではなく、むしろその生まれたばかりの状態であり、この状態はつねに変わらない」（79）。「ポスト＝モダンとは、未来（ポスト）が前（モード）に来るという逆説に従って理解されなければならない」（81）。

この大逆転を読者のみなさんはどう理解されるだろうか。リオタールがこの論文を著したのは一九七〇年代後半のこと。ポストモダニズム文化が批評という言説のなかで大衆性を獲得していく直前のことだった。そうした歴史的文脈を考慮すれば、初期のポストモダニズム思想にあった社会変革の志を堅持しようとした、リオタールの理想主義が前面に押し出された解釈だったといえるのかもしれない。

コラム③ ドゥルーズの「セリー」、バースの「シリーズ」

『びっくりハウスの迷子』の「作者但し書き」には、この短編集が「コレクション」、すなわち単に趣味的な収集物でもなければ寄せ集めでもなく、「シリーズ」（"series"）であることが明記されている（Barth, "Author's Note" xi）。これはなにを意味するのか。

「シリーズ」、というよりもむしろフランス語で「セリー」（"série"）とは、ポスト構造主義の批評家が好んで使った用語のひとつだ。なかでもフェリックス・ガタリ（Félix Guattari, 1930-92）との共著『アンチ・エディプス』（*Anti-Oedipus: Capitalism and Schizophrenia*, 1972）で有名なフランスの哲学者ジル・ドゥルーズ（Gilles Deleuze, 1925-95）による議論が良く知られる。『びっくりハウスの迷子』と同年一九六八年に出版された『差異と反復』（*Difference and Repetition*）では、「セリー」、日本語に訳すと「系」や「列」に関する以下のような記述がある。

たとえば、言語を例にしよう。言語とは、それが日本語であろうと英語であろうと、いくつもの異なる言葉から構成される。そのひとつひとつの結びつきは、ときに強いこともあれば弱いこともあるのだが、どんな言葉でも共通の文脈で使われれば、結びつきは強くなる。つまり、意味が通る。ドゥルーズはこの状況を「セリー」という概念で説明する。

「あるセリーに属する各事項は、すでに互いに異なるので、他の事項との間に可変的な関係」を構成する。だから、意味は固定化することなく、言葉の意味は次から次へと「ずれ」ていく。そして、言葉の意味が「ずれる」ことで、「別のセリーが構成」される。だから、ある事項が同じ意味や価値をもつとき、その同一性は絶対的なものではなく、むしろいくつも存在する差異のなかのひとつでしかない。これがドゥルーズ的な「脱中心化」の思想だ（Deleuze 56/163）。

バースが『びっくりハウスの迷子』を書くにあたり、ドゥルーズの議論を知っていた可能性はむしろ低い。しかし、理論的には同じ地平に立つと考えられるポスト構造主義の哲学者とポストモダンの文学者が、共通の意識をもって執筆に取り組んでいた可能性は充分にある。「但し書き」には、収録短編のなかには発表済みの作品もあるけれど、新たに書き下ろしも加えた「シリーズ」として「一堂に、一気に」読まれるように、アレンジされている」と記されている。異なる作品に新たな関係性を付与することで、バースが「セリー」状の「ずれ」や「可変性」を意図的に作り出そうとしていたように思える（"Author's Note" xi）。

ドゥルーズ流の脱中心化の思考は、言葉の意味がつねに流動的であると同時に、少しずつかたちを変えながら再生産されていく過程を示唆する。デリダの「差延」にも似たこの考え方は、ヨーロッパ近代がロマン派思想や産業革命を通じて求めた人類の進歩的な向上という目的論的神話とは、真っ向から対立する。

コラム④ 『フィネガンズ・ウェイク』

『フィネガンズ・ウェイク』は、ジェイムズ・ジョイスが一七年の歳月をかけて一九三九年に完成させた二〇世紀文学史の金字塔といえる小説。その草稿の一部は、パリの文芸誌『トランスアトランティック・レビュー』誌（*Transatlantic Review*）等に“work in progress”、すなわち「制作中の作品」もしくは「未完の作品」として掲載された。この“work in progress”とは、果てしなき芸術的探求を目指すロマン派発の芸術的隠喩にほかならない。すなわち、芸術作品とはオーガニックな生きもので、つねに成長していくものという思考を指す。

その小説は、建築現場の事故で死んだダブリンのレンガ職人フィネガンの遺体がお通夜の晩に覚醒し逃げ出したという、なんとも摩訶不思議なエピソードからはじまる。タイトルは、主人公フィネガンのお通夜と覚醒——ともに英語では“wake”——を示す。

このことからもわかるように、作品には駄じゃれや複数の意味が交錯する曖昧な言葉遣いが数多く見られる。複数の言語を横断するかのような言葉遊びも珍しくない。フランス語に堪能だったジョイスならではの多言語テクストによる意味のオーケストレーションが、この小説の最大の特徴といえる。

一九二〇年代に作品の断片が文芸誌に掲載されて以来、この難解なテクストを読み解こうという試みは後を絶たず、その作業はユダヤの聖典『タルムード』(*The Talmud*)解釈と比されることもあった。そのようなカルト的熱狂を反映して、多くの批評書や註釈書が書かれた。なかでもジョセフ・キャンベル(Joseph Campbell, 1904-87)とヘンリー・ロビンソン(Henry Robinson, 1898-1961)共著の『スケルトンキー』(*A Skelton Key to Finnegan's Wake*)は一九四四年の出版以来、改訂を重ねながら今日に至る。

派生作品も少なくない。音楽家ジョン・ケージ(John Cage, 1912-92)の『ロアラトリオ』(*Roaratorio: An Irish Circus on Finnegans Wake*, 1979)は、『フィネガンズ』に触発されたケージが、アイルランドの民族舞踏の要素を取り入れ作曲した意欲作。また、劇作家ソーントン・ワイルダー(Thornton Wilder, 1897-1975)は、戯曲『危機を逃れて』(*The Skin of Our Teeth*, 1942)でピューリッツァ賞を受賞。『スケルトンキー』の著者らはこの戯曲と『フィネガンズ』の類似性を指摘した。

筆者個人の思い出に残るのは、アメリカ留学中に参加した『フィネガンズ』読書会のこと。そのとき出会ったアイルランド出身の男性がテクストを朗読すると、文字だけでは難解で解読不能だった文章が、まさに言葉として甦ってくるのを感じた。さらにその男性はギターを片手に、『フィネガンズ』を唄うこともあった。批評家が多言語的と呼ぶジョイスのテクストは、アイルランド英語の話し言葉であり、しかも音楽的なのだと実感した瞬間だった。

コラム⑤ ベケットが描く語りの崩壊

アイルランド出身の文人としてジェイムス・ジョイスの弟分にあたるのが、サミュエル・ベケット。戯曲『ゴドーを待ちながら』で知られ、小説や詩作でも類い希なる才能を発揮。ポストモダニズム文学の展開にも多大な影響を及ぼした。実際、バースやバーセルミ、それにクーヴァーらが、語りの創作実験を続けた背景には、ベケットの存在がある。その代表作のひとつ『モロイ』についてはすでに第四章で触れたが、改めてベケットがモダニズム文学の語りを換骨奪胎していく様子をこの小説に見ていこう。

二部構成の『モロイ』は、タイトル・キャラクターのモロイという中年男性と、この男を調査する探偵モーランの二人の語りから構成される。モロイが語る第一部では、日曜日になると「おかしな奴」が現れ、モロイが書いた文章を要求する（8/6）。モーランが語る第二部では、彼にモロイの調査を依頼するユーディという謎の人物が使わす「連絡係《メッセンジャー》」ゲイバーが、定期的にモーランを訪問しては調査報告書の提出を求める（128/154）。

つまり、第一部は主役モロイの独白で、第二部はそのモロイを対象に語る別の語り手がいる設定だ。

同じ登場人物について二つの異なる視点から語るという形式は、フォークナーの『響きと怒り』をはじめモダニズム文学に多く見られる手法でもある。そうすることで、事件や謎が多面的な視点から捉えられ、やがて解明されていく。

しかし『モロイ』においては、いずれの語り手も機能不全の状態にあり、物語はまともに進行しない。モロイは生きる目的も存在意義も喪失しかけた登場人物で、そもそも彼の語りにはドラマ性がない。ドラマ性を欠いた主人公の話は物語のテーマにはなり得ない。「綴りなんかも忘れたし、単語も半分忘れた」というモロイは、語り手に相応しくない登場人物だ（8/6-7）。

第二部でモロイのことを第三者的視点から語るはずのモーランも、目的を失い殺人を犯し、ついには狂気に陥る。つまり満足に語れない。「私にあれこれ言う声」を幻聴するモーランは、語り手として物語を構築する資質に欠けている（241/292）。

この二人の語り手が綴るテクストを要求するのが、第一部の「おかしな奴」と第二部のゲイバーだ。しかし、二人とも物語の具体的な内容や目的を理解していない。二人とも何者かによって使われた「連絡係」だという以外には、その正体もわからない。モーランが言うように、探偵《エージェント》やスパイ、つまり諜報部員《インテリジェンス》とは異なり、「連絡係」には特別な機能《エージェンシー》もなければ知能《インテリジェンス》もない。「連絡係」は語り手と雇い主を結ぶ仲介者《メディア》でしかない。

とすれば、『モロイ』という物語世界を裏から演出している誰かが、二人の語り手相手に「モロイ」というテクストを「連絡係」経由で要求しているという解釈が成り立つ。「おかしな奴」は大抵日曜日に現れては、「始まりがまずい、別の始まりが必要だ」と、モロイの手稿に厳しい注文をつける(8/6)。果たして「おかしな奴」とは、神に代わってその意図《デザイン》を伝える使者なのか。「夜の海の旅」で、バースの語り手は物語の背後に潜む「創造主」に言及するが、すでに『モロイ』のなかに、語りを操る見えない第三者の存在はほのめかされている。

この『モロイ』に『マロウンが死ぬ』と『名づけえぬもの』を加えた三部作は、小説の語りや筋書き、登場人物の役割といった物語の構成要素を換骨奪胎する文学実験だった。さらにそれは一九六一年に発表された『事の次第』(*How It Is*, 1961 仏/1964 英)で、限界にまで押し進められる。この作品における、もはや小説とは呼びえない断片化した語りにあるのは、身体を喪失した声のみであり、これこそベケット文学における究極の語りの姿だった。このベケット的な根源的な語りの声は、荒唐無稽な言葉を発する唇の動きだけを描く戯曲『わたしじゃない』(*Not I*, 1972)で一層明確に示された。

英語とフランス語のバイリンガル作家だったベケットは、『ゴドー』や三部作、『事の次第』といった作品をフランス語で執筆し、その後『モロイ』を除く二作を自ら英語に翻訳した。このベケットに師事したのが、ホロコーストを生き延びたユダヤ系作家レイモンド・フェダマンだ。自らの戦争体験を隠喩的に描いた長編小説『イチかバチか』で作家デビューを果たすと、ひとつの物語をフランス語と英語でそれぞれ語る『クローゼットの中の声』を著した。バイリンガルへの強いこだわりに、ベケットからの影響が見てとれる。ベケットがポストモダニズム文学に与えた影響は至るところに遍在する。

コラム⑥ バースとボルヘスと『千夜一夜物語』六〇二話

バースが『千夜一夜物語』（*One Thousand and One Nights*）の語り手シェヘラザードを絶賛したのは有名な話だが、そのなかにはボルヘスが評論「ドンキホーテにおける偏った魔法」（"Partial Magic in the Quixote" 1952）で言及する六〇二話のエピソードがある。

アラビア古典文学の代表作『千夜一夜物語』といえば、妻の不貞から女性不信に陥り、初夜をともにした花嫁を次から次へと処刑する中東の暴君シャフリヤールと、その暴挙を阻止しようと夜な夜な語り続ける妃シェヘラザードの物語だ。シェヘラザードの語りは二重三重の入れ子構造からなり、いくら語れど終わりに至らず、妃の語る物語の続きが気になるシャフリヤールはついにシェヘラザードを正妻として迎える。語りの営みと性の営みが、シェヘラザードという語り手を通じて融合した傑作だ。

その『千夜一夜物語』の特徴が、ある語りを別の語りで囲いこむ入れ子構造だ。「物語内物語」、いわゆるメタフィクション。その構造のことを指し、「チャイニーズ・ボックス」とも呼ぶ。チャイニーズ・ボックスとは、箱を開けるとその中にさらに小さな箱が見つかるという入れ子構造状の収納箱のこと。『千夜一夜物語』では、主人公シェヘラザードが物語のなかで別の物語を語りはじめ、それが次から次へと続いてゆく。これぞ文学的チャイニーズ・ボックス。

それにしても、なぜ人々は古くからこのように重層的な語りを好んできたのか。これを説明しようと、評論「枯渇の文学」でバースはボルヘスが語る『千夜一夜物語』六〇二話のエピソードに目を向ける。

ボルヘスによれば、『千夜一夜物語』の写本家は、一〇〇一の「語り」を完成させるために、ありとあらゆる「改ざん」を加えてきたという。なかでも「混乱を煽った」というのが六〇二話。そこではシェヘラザードが『千夜一夜物語』の第一話に戻り、すべてをはじめから語り直す。だから、もし「シェヘラザードが語り続け、途中で端折られた『千夜一夜物語』をシャフリヤールが静かに聞き続ければ」、未完の『千夜一夜物語』は「無限に循環」し続けることになる（"Partial Magic" 195/84）。

バースはこの「無限に循環」する物語を、「幸い、シャフリヤールが遮った」と解釈する。そして、「さもなければ、六〇三話は永遠に存在しなかった。その場合、シェヘラザードの［毎晩語り続けなければならないという］問題は解決したかもしれないが、物語の外部に存在する作者は苦境に立たされることになっただろう」と述べる（"The Literature of Exhaustion" 33/108）。確かにシェヘラザードの語りが六〇二話に行き着くたびに第一話に戻るとすれば、その語りは終わることなく循環し続ける。語り手シェヘラザードは六〇三話から先を語る必要がなくなり、結果として処刑は永遠に先延ばしになる。一方、『千夜一夜物語』の実在の「作者」は、この作品を永遠に終えることができなくなる。これをバースは、「物語内部の物語がひっくり返って現実に引き戻された例」だと説明する（33/108）。

問題なのは、ボルヘスの「語り手」が読んだという六〇二話が、そもそも実在するのかという点。いくつかの写本が現存する『千夜一夜物語』を丹念に調べたバースでも、六〇二話の所在は確認できなかった。そのためバースは、六〇二話がボルヘスの「夢想」、つまりでっち上げではないかと疑う（33/108）。

一方、六〇二話を読むと主張するボルヘスを読むバースを読む私たち読者は、二重三重の複層的な階層をもつチャイニーズ・ボックスに入り込んでいく。メタナラティヴ（物語に関する物語）が作り出す迷宮世界。ボルヘスの六〇二話がそもそも「夢想」ならば、バースの解釈はどのように評価されるべきなのか。これこそポストモダニズム文学が理想に掲げた「終わらない物語」の究極のパラドックスといえる。

コラム⑦ ポストモダニズムとジェンダー

ポストモダニズム文学では、概して男性目線で女性が描かれる。こうした批判は後を絶たない。たとえば、「歩行者事故」唯一の女性登場人物グランディの人物描写はコミカルだとしても、性差別的と言われて致し方ないレベルだ。好色なようでいて実は計算高く、お色気はあくまで自分の利益のため。バーセルミの雪白姫も同様だ。グランディがおおっぴらに卑猥な芝居を演じる世慣れた女性ならば、わいせつ詩を密かに認《したた》める雪白姫は、男を手玉に世間を渡っていく女。ともに男好みの悪女役といって差し支えないだろう。

時代を振り返れば、ヒュー・ヘフナー（Hugh Hefner, 1926-2017）がマリリン・モンローの水着姿を表紙に雑誌『プレイボーイ』（*Playboy*, 1953-2020）を創刊したのが一九五三年。ナボコフが小説『ロリータ』で、アメリカのティーンエイジャーのスキャンダラスな性生活を描いたのは一九五五年。その『ロリータ』を映画化（1962）したスタンリー・キューブリック（Stanley Kubrick, 1928-99）が『博士の異常な愛情』（*Dr. Strangelove or: How I Learned to Stop Worrying and Love the Bomb*）で、冷戦期のマッチョな世界観を皮肉たっぷりに描き出したのが一九六四年と、戦後のアメリカはポルノグラフィックな演出で、次々と女性を被写体化していった。

　こうした作品は、女性の裸体《ヌーディティ》や性《セックス》を商品《コモディティー》化しただけではなく、男性中心の同質的な社会にとって都合が良いように女性の姿を書き換えていった。そのことは、銀幕の世界に生きたモンローであろうが、ロシア系移民作家が描いたアイドル的主人公ロリータであろうが、『博士の異常な愛情』の女性秘書ミス・スコットであろうが、女性たちには自らを表現する言語が与えられてこなかったことからも見てとれる。一見すると饒舌なグランディや雪白姫にしても、彼女たちの語る言葉は、周囲の男性を喜ばすような男性社会固有の均質的な言語にすぎず、なによりも男性的な語りの枠のなかに納められている。

　一九六六年出版の『競売ナンバー49の叫び』では、主人公に女性版エディプスたるエディパ・マースを据えて女性目線からカウンターカルチャー時代のアメリカを描こうとしたピンチョンも、『V.』や『重力の虹』では、男性的な女性描写が目立つ。それは「エントロピー」でも同様で、夫婦げんかが原因で離婚の危機にあるソールの妻ミリアムに対する視線は、決して同情的ではない。

　男性作家によるこうした描写がどこまでが意図的でどこからが無意識的なのかといった判断は難しい。いずれにせよ、この時代に男性目線の女性描写がすんなり受け入れられていたことは事実だろう。その意味では、ポストモダニズム文学が性差別的であるかどうかはともかくとして、時代そのものが男性中心的かつ同質的な価値観を求めていたといえる。女性作家のル＝グィンですらが、無意識的に両性具有の登場人物に男性代名詞を与えてしまう時代。それが一九六〇年代だった。

【註】

◉はじめに

（1）このあまりに有名なトウェインの言葉の出典については、実際のところ不明だ。ただし、チャールズ・ダッドリー・ワーナー（Charles Dudley Warner, 1829-1900）との共著『金メッキ時代』（*The Gilded Age, A Tale of Today*, 1873）には、「歴史は決して繰り返さない。しかし、万華鏡の絵に描いたような現在は、しばしば過去の伝説の断片から作られているかのように思われる」との記述がある（430）。

◉序章

（1）ジョルジュ・ルカーチ（Georg Lukacs, 1885-1971）の『小説の理論』（*The Theory of the Novel*, 1920）をはじめ、近代小説の誕生をブルジョワ社会の到来やロマン派の台頭と結びつけた論考は少なくない。

（2）小説は冒頭の長いエピグラフに続く第一章冒頭「私をイシュメイルと呼んでくれ」（“Call me Ishmael”）という語り手の呼びかけではじまる（3/57）。「私はイシュメイルだ」（“I am Ishmael”）という断定ではなく、語り手が自らを命名している点に注意。

（3）古典時代から近代にかけて、さらには現代へと「言葉」と「物」の関係の系譜を丹念に辿るのは、フーコーの代表作『言葉と物』（*The Order of Things: An Archeology of Human Sciences*, 1970）。フーコーによれば、ヨーロッパにおける「人間」中心的な世界観は、一八世紀以前には存在しなかった。

（4）ロバート・スコールズは『記号論のたのしみ』（*Semiotics and Interpretation*, 1982）第七章でヘミングウェイの三人称の語りに見られる客観性が、作者による意図的な偽装である点を論じている（116-7/214-7）。詳しくは本書第四章における「人称的なシステム」に関する議論を参照。

◉**第一章**

（1）「終末」をより強調した“eschatology”という語もある。ギリシア語源の「終わり」（“eschatos”）からの派生語。ところで、レイモンド・カーヴァーの一部の短編には、終始現在形で語りが進行する作品がある。この点については、執筆予定の本書続編で改めて触れたい。

◉**第二章**

（1）英語で「形而上学」とは“metaphysics”。つまり“meta”（越える）＋“physics”（物理学）であり、物理的な現実世界を超越した世界を指す。言語とは、そのような超＝現実世界を描くための道具なのだ。

◉**第三章**

（1）Aljadaani らはこの詩の存在を取り上げ、雪白姫が自分自身の「声」をもつ、「行動的な話者《エージェント》」だと論じる。「その声を通じて、彼女は父権的な社会における女性としての個人的な経験を表現することができる」という解釈だ（160）。

◉**第四章**

（1）詳細は『ニューヨークタイムズ・ブックレビュー』誌に掲載されたクーヴァーの刺激的な論考「本の終焉」（“The End of Books,” 1992）と「ハイパーフィクション」（“Hyperfiction,” 1993）を参照。残念ながらかつてあったボストン大学ホームページ上のＣＡＶＥサイトはすでに閉鎖されている。

（2）「プリック」には、「拍車」や「刺激」を意味する“spur”という意味もある。この“spur”という語はドイツ語の「シュプール」（“spur”）と語源的に近い。ちなみにドイツ語で「シュプール」とは、「車の轍《わだち》」やスキーで描く「滑走跡」、または「手がかり」や「痕跡」を指す。

（3）アモリー（“Amory”）とは、男女を問わずに使うことができる英語名。「家を取り仕切る人」を意味するフランス語の“Amauri”から派生し、「一家の大黒柱」を意味する。

◉第五章

（1）フロイトがいう「原風景」［“primal scene”］（Freud 183）を参照。

◉第六章

（1）拡張的な世界観は、Qfwfq の言語意識にも反映される。「私が過ごしている瞬間は、私がその中に住んでいる瞬間なのである」とイタリア語で思考するならば、英語でもフランス語でも同じことを「同時に考えることに慣れる必要がある」と、カルヴィーノの語り手は言う（108/147）。

◉第七章

（1）ピンチョン関連のエピソードについては、拙稿「トマス・ピンチョン／スターターキット」を参照。

（2）「エントロピー」、すなわち“entropy”は、“en”という“in”に相当する「内部へ」を意味する接頭辞と、方向の変化・反転を示すギリシア語源の“tropē”の組み合わせ。

（3）ファウストの「語り」と『V.』全体の「語り」の関係についてはAsoを参照。

（4）たとえばロバート・ニューマン（Robert Newman, 1951-）は、オーバードの抵抗からは得るものが少なく、むしろ大きな損害が伴うことを指摘。これを犠牲のわりに得るものが少ないピュロスの勝利にたとえた（25）。

（5）ちなみにエディパの苗字はマース（Maas）。教会のミサという意味もあれば、「塊」という意味の「マス」（mass）を連想させもする。肉団子を意味するミートボール、あるいはミートボールの苗字のマリガンが意味する「ごった煮のシチュー」との連想も可能な名づけだ。

◉第八章

（1）『闇の左手』第七章は、ゲセン調査に当たったエクーメンの女性調査員オング・トット・オポングによる報告書から成る。この作品唯一女性の視点から書かれたテクストである。一方、ル＝グィンが言及する『闇の左手』の脚本だが、公表されていないようで、資料等は見つからなかった。

（2）当時の代表的ＳＦ作家には、火星探検小説で有名なエドガー・ライス・バロウズ（Edgar Rice Burroughs, 1875-1950）やパルプ作家として知られるＨ・Ｐ・ラヴクラフト（Howard Philips Lovecraft, 1890-1937）らがいる。

（3）アイの語りがＡＩデータベースだとして、それが男性的な知識の集積だという批判はあるだろう。これは男性の書き手による資料等を多く読み込んで作られている現在のＡＩ技術が直面する課題でもある。

【引用文献】

Adorno, Theodore W. Prisms. Trans. Samuel and Shieffy Weber. MIT P, 1983.

Aizenberg, Edna. "'I, a Jew': Borges, Nazism, and the Shoah." *The Jewish Quarterly Review*. 104.3 (2014): 339-53.

Akst, Daniel. "A Minimalist Author Among the Magnolias." *Los Angeles Times*. 20 Aug. 1986. <https://www.latimes.com/archives/la-xpm-1986-08-20-vw-18334-story.html>. 5 Jul. 2023.

Aljadaani, Mashael H. and Laila M. Al-Sharqi. "The Subversion of Gender Stereotypes in Donald Barthelme's Snow White." *International Journal of Applied Linguistics & English Literature*. 8.2 (2019): 155-64.

Amis, Kingsley. *New Maps of Hell: A Survey of Science Fiction*. Penguin, 1960.

Annas, Pamela J. "New Worlds, New Words: Androgyny in Feminist Science Fiction." *Science Fiction Studies* 5 (1978): 143-55.

Asimov, Isaac. *Asimov on Physics*. Avon, 1976.

Aso, Takashi. "Pynchon's Alternative Ethics of Writing in *V.*: The Problem of Authorship in the 'Confessions of Fausto Maijstral.'" *Pynchon Notes* 52-53 (2003) 8-24.

Barth, John. "A Few Words about Minimalism." *New York Times* 28 Dec. Late ed. (1986): A1.

---. "Author's Note (1968)." *The Lost in the Funhouse*. xi-xii.

---. "Frame-Tale." *The Lost in the Funhouse*. 1-2.

---. "Life-Story." *The Lost in the Funhouse*. 116-29.

---. "Night-Sea Journey." *The Lost in the Funhouse*. 1-13.

---. "Tales within Tales within Tales." *The Friday Book*. 218-38.

---. *The Friday Book: Essays and Other Nonfiction*. Johns Hopkins UP, 1984.

---. "The Literature of Exhaustion." *Atlantic Monthly* 220.2 (1967): 29-34.

---. *The Lost in the Funhouse: Fiction for Print, Tape, Live Voice*. Doubleday, 1988.

---. "Thinking Man's Minimalist: Honoring Barthelme." *New York Times* 3 Sep. Late ed. (1989): Section 7, page 9.

Barthelme, Donald. Interview with Larry McCaffery, 1980. *Not-Knowing*. 261-73.

---. Interview with Charles Ruas and Judith Sherman, 1975. *Not-Knowing*. 207-60.

---. *Not-Knowing . . . the Essays and Interviews*. Ed. Kim Herzinger. Counterpoiny, 1997.

---. "Sentence" Donald Barthelme: Collected Stories. Ed. Charles McGrath. Library of America, 2021. 289-95.

---. *Snow White*. Atheneum, 1967.

Barthes, Roland. "The Death of the Author." *Image, Music, Text. Trans*. S. Heath. Fontana, 1977. 142-8.

Beckett, Samuel. *How It Is*. Trans. Beckett. Grove P, 1964.

---. *Malone Dies*. Trans. Beckett. Grove P, 1956.

---. *Molloy.* Trans. Patrick Bowles and Beckett. Grove P, 1955.

---. *Not I. I can't go on, I'll go on: A Selection from Samuel Beckett's Work*. Ed. Richard W. Seaver. Grove P, 1972. 589-604.

---. *The Unnamable*. Trans. Beckett. Grove P, 1958..

Bell, Bernard Iddings. *Postmodernism, and Other Essays*. Morehouse Publisher, 1926.

Benjamin, Walter. "The Task of the Translator." *Walter Benjamin: Selected Writings vol. 1 1913-1926*. Trans. Harry Zohn.Eds. Marcus Bullock and Michael W. Jennings. Belknap P, 1996.

Blackmur, Richard P. Introduction. *The Art of the Novel: Critical Prefaces*, by Henry James. Scribner's, 1934.

Borges, Jorge Luis. *Ficciones*. Ed. Anthony Kerrigan. Grove, 1962.

---. "Funes, the Memorius." Trans. Kerrigan. *Ficciones*. 107-115.

---. "I, a Jew." *Selected Non-Fictions: Jorge Luis Borges*. Trans. Eliot Weinberger . Ed. Weinberger. Viking-Penguin, 1999. 110-1.

---. "La criolledad en Ipuche." *Proa* I.3 (1924). Rpt. *Espacio-Latino-Com*. <http://letras-uruguay.espaciolatino.com/aaa/borges/la_criolledad_en_ipuche.htm>. 22 Accessed Aug. 2023.

---. "Partial Magic in the Quixote." Trans, James E. Irby. *Labyrinths: Selected Stories & Other Writings*. New Directions, 1964. 193-6.

---. "The Death and the Compass." Trans. Kerrigan. *Ficciones.* 129-141.

---. "The Secret Miracle." Trans. Kerrigan. *Ficciones*. 143-150.

Calvino, Italo. *t-zero*. Trans. William Weaver. A Harvest Books, 1969.

Coffman, Christopher K. and Theophilus Savvas. *After Postmodernism: The New American Fiction*. Routledge, 2021.

Coover, Robert. "A Pedestrian Accident." *Pricksongs*. 183-205.

---. "Hyperfiction: Novels for the Computer." *New York Times Book Review* 29 Aug. 1993: 1, 8-12.

---. *Pricksongs and Descants: Fictions*. Grove P, 1969.

---. "The Door: A Prologue of Sorts." *Pricksongs*. 13-9.

---. "The End of Books." *New York Times Book Review*. 21 Jun. 1992: 1, 23-5.

Dawson, Paul. "The Return of Omniscience in Contemporary Fiction." *Narrative* 17.2 (2009): 143-61.

Deleuze, Gilles. *Difference and Repetition*. Trans. Paul Patton. Columbia UP, 1997.

Derrida, Jacques. *Specters of Marx: The State of the Debt, the Work of Mourning, and the New International*. Trans. Peggy Kmuf. Routledge, 1994.

du Bois, Guy Pène. "Gus Mager." *The American Magazine of Art* 7.7 (1916): 277-81.

Federman, Raymond. *Critifiction: Postmodern Essays*. SUNY P, 1993.

---. *Double or Nothing*. Swallow P, 1971.

---. *Take It or Leave It*. Fiction Collective, 1976.

---. *The Voice in the Closet*. Station Hill P, 1979.

Fiedler, Leslie. "The New Mutants." *Partisan Review* 32.4 (1965): 505-25.

Follett, Wilson. "Literature and Bad Nerves." *Harper's Magazine* June 1 (1921): 107-16.

Ford, Ford Madox. *The Critical Writings of Ford Madox Ford*, ed. Frank MacShane. Univ. of Nebraska Press, 1964.

Freud, Sigmund. "The Case of the Wolf Man." Ed. Muriel Gardner. *The Wolf Man and Sigmund Freud*. Karnac Books, 1989. 153-262.

Gado, Frank, ed. *First Person: Conversations on Writers and Writing with Glenway Wescott, John Dos Passos, Robert Penn Warren,*

John Updike, John Barth, Robert Coover. Union College P, 1973.
Hassan,Ihab. “From Postmodernism to Postmodernity: The Local/Glocal Context.” *Philosophy and Literature* 215.1 (2001): 1-13.
Hofstadter, Douglas R. *Gödel, Esher, Bach.* Basic Books. 1979.
Hudnut, Joseph. “The Post-Modern House.” *Architectural Record* 97.5 (1945): 70-75.
Humes, Katheryn. *Fantasy and Mimesis: Responses to Reality in Western Literature*. Methuen, 1984.
Hutcheon, Linda. *Narcissistic Narrative: The Metafictional Paradox*. Methuen, 1980, 1984.
Jameson, Fredric. *Postmodernism or, the Cultural Logic of Late Capitalis*m. Duke UP, 1991.
Johnson,, Jr., R. E. “‘Bees Barking in the Night’: The End and Beginning of Donald Barthelme’s Narrative Author(s).” *boundary* 2 5.1 (1976): 71-92.
“Jules Siegel Playboy Article.” 25 May, 1995. *BenProfane at aol.com*. Accessed 2 Oct. 2023. <https://waste.org/pipermail/pynchon-l/1995-May/001495.html >.
Jung, C. G. *The Psychology of the Transference*. Trans. R. F. C. Hull. Routledge, 2015.
Kermode, Frank . “Modernisms Again.” *Encounter* Apr. 1966: 65-74.
Kirby, Alan. “The Death of Postmodernism and Beyond.” *Philosophy Now*. 58 (2006). <https://philosophynow.org/issues/58/The_Death_of_Postmodernism_And_Beyond>. Accessed 17 Dec. 2023.
Kostelanez, Richard. “An ABC of Contemporary Reading.” *Poetics Today* 3.3 (1982): 5-46.
Kristal, Efraín. “Jorge Luis Borges’s Literary Response to Anti-Semitism and the Holocaust.” *The Jewish Quarterly Review*. 104:3 (2014): 354-61.
Kunzru, Hari. “Robert Coover: A Life in Writing.” *The Guardian*. 27 Jun. (2011). <https://www.theguardian.com/culture/2011/jun/27/robert-coover-life-in-writing>. 14 Aug. 2023.
Lanzmann, Claude. “Seminar with Claude Lanzmann, 11 April 1990.” Transcribed by Ruth Larson. Ed. David Rodowick. *Yale French Studies* 79 (1991): 82-99.

---. “Why Spielberg Has Distorted the Truth.” *Guardian Weekly*. 3 Apr.1994: 14.

Le Guin, Ursula. “Is Gender Necessary? Redux.” Ed.Brian Attebery. *Dancing at the Edge of the World: Thoughts on Words, Women, Places*. Grove P, 1989. 7-16.

---. *The Left Hand of Darkness*. 1969. Penguinn, 2016.

---. “Winter’s King.” 1975. *The Wind’s Twelve Quarters: Stories*. Harper Perennial, 2022. 93-117. (Rpt. Brian Attebery, ed. *Ursula K. Le Guin: Hainishi Novels and Stories*, vol. 1. Library of America, 2017. 1044-64.)

---. “Winter’s King” Ed. Damon Knight. *Orbit* 5. Berkeley: Berkeley Medallion Book, 1969. 67-88.

Lyotard, Jean-François. “Answering the Question: What Is Postmodernism?” *The Postmodern Condition: A Report on Knowledge*. Trans. Geoff Bennington and Brian Massumi. U of Minnesota P, 1984. 71-82.

Mackey, Louis. “Robert Coover’s Dirty Stories: Allegories of Reading in ‘Seven Exemplary Fictions.’” *The Iowa Review* 17.2 (1987): 100-21.

Mark Twain. *The Gilded Age: A Tale of Today*. American Publishing Company, 1874.

McCaffery, Larry. “Robert Coover on Own and Other Fictions: An Interview.” *Genre* 14.1 (1981): 45-63.

---. and Sinda Gregory. “An Interview with Ursula Le Guin.” *The Missouri Review* 7.2 (1984): 64-85.

McHale, Brian. *Postmodernist Fiction*. Routledge, 1987.

Melville, Herman. *Moby-Dick or The Whale*. Nortwestern UP, 1988.

Mendelson, Edward. “Gravity’s Encyclopedia.” *Mindful Pleasures: Essays on Thomas Pynchon*. Eds. George Levine and David Leverens. Little, Brown, 1976. 161-95.

Nealon, Jeffrey. *Post-Postmodernism: or, The Cultural Logic of Just-in-Time Capitalism*. Stanford UP, 2012.

Newman, Charles. “The Post-modern Aura: The Act of Fiction in an Age of Inflation.” *Salmagundi* 63/64 (1984): 3-199.

Newman, Robert. *Understanding Thomas Pynchon*. U of South Carolina P, 1986.

Perreault, John. “A Minimal Future?---Union-Made.” *Artsmagazine* 41.5 (1967): 26-35.

---. "Plastic Ambiguities." *The Village Voice*. 7 Mar. 1968:
Pynchon, Thomas. "Entropy." *Slow Learner*. 79-98.
---. *Gravity's Rainbow*. Viking-Penguin, 1973.
---. Introduction. *Slow Learner.* 1-23.
---. *Slow Learner: Early Stories*. Little Brown, 1984.
---. *The Crying of Lot 49*. Lippincott, 1966.
---. *V.* Harper-Perrenial, 1963, 1990.
Remnick, David. "Exile on Main Street: Don DeLillo's Undisclosed Underworld." *Conversations with Don DeLillo*. Ed. Thomas DePetrio. Mississippi UP, 2005. 131-44.
Russ, Joanna. "The Image of Women in Science Fiction." *Images of Women in Fiction: Feminist Perspectives*. Ed. Susan Koppelman Cornillon. Bowling Green U Popular P. 79-94.
Scholes, Robert. *Semiotics and Interpretation*. Yale UP, 1982.
Seed, David. *The Fictional Labyrinths of Thomas Pynchon*. U of Iowa P, 1988.
Simon, John. "Third Story Man: Biblical Irony in Thomas Pynchon's 'Entropy.'" *Studies in Short Fiction* 14.1 (1977): 88-93.
Stavans, Ilan. "A Comment on Borges's Response to Hitler." *Modern Judaism*. 23.1 (2003): 1-22.
Steiner, Wendy. "Postmodern Fictions 1970-1990." Ed. Sacvan Bercovitch. *The Cambridge History of American Literature*, vol. 7. Cambridge UP, 1997. 425-538.
Sternberg, Meir. "Omniscence in Narrative Construction." *Poetics Today* 28.4 (2007): 683-794.
Stonehill, Brian. *The Self-Conscious Fiction: Artifice in Fiction from Joyce to Pynchon*. U of Pennsylvania P, 1988.
Tanner, Tony. *The City of Words: American Fiction 1950-1970*. Jonathan Cape, 1971.
The Beatles. *Yellow Submarine*. (DVD) Fox Entertainment, 1999.
Thompson, J. M. "Post-Modernism." *The Hibbert Journal*. 12 (Oct. 1913-Jul. 1914): 737-45.

Toynbee, Arnold J. *A Study of History* vol. 5 Oxford UP, 1939.

"Throng at Grainger's 'Room-Music' Concert." *New York Times* 4 May (1925): 17.

Walser, Robert. *The Walk and Other Stories. Trans.* Christopher Middleton. John Calder. 1957.

"Where's Thomas Pynchon?" 5 Jun. 1997. *CNN Interacitve*. <https://web.archive.org/web/20141203113826/http://cgi.cnn.com/US/9706/05/pynchon/ >. Accessed 2 Oct. 2023.

Wittgenstein, Ludwig. *Philosophical Investigations*. Trans. G. E. M. Anscombe. Macmillan, 1958.

麻生享志「トマス・ピンチョン／スターターキット」麻生・木原善彦編著『現代作家ガイド7——トマス・ピンチョン』彩流社、二〇一四年。

カルヴィーノ、イタロ『レ・コスミコミケ』米川良夫訳、ハヤカワepi文庫、二〇〇四年。

——『柔かい月』脇功訳、河出文庫、二〇〇三年。

小谷真理『女性状無意識〈テクノガイネーシス〉——女性ＳＦ論序説』勁草書房、一九九四年。

志村正雄編『アメリカ幻想小説傑作集』白水社、一九八五年。

——「解説」志村編『アメリカ幻想小説傑作集』二二五—二三四頁。

スコールズ、ロバート『記号論のたのしみ——文学・映画・女』富山太佳夫訳　岩波書店、一九八五年。

富田恭彦「「ロックと言えばタブラ・ラサ」考」『人間存在論』二二（二〇一六年）、四三—七頁。

タナー、トニー『言語の都市——現代アメリカ小説』佐伯彰一、武藤脩二訳　白水社、一九八〇年。

ドゥルーズ、ジル『差異と反復（上）』財津理訳　河出文庫、二〇一〇年。

バース、ジョン『金曜日の本』志村正雄訳　ちくま書房、一九八九年。

——「尽きの文学」『金曜日の本』九〇—一一二頁。

——「物語の中の物語の中の物語」『金曜日の本』三二一—五一頁。

——「夜の海の旅」志村正雄訳、志村編『アメリカ幻想小説傑作集』一九〇—二〇六頁。

バーセルミ、ドナルド「文」山形浩生訳『シティ・ライフ』白水社、一九九五年、一一九—二八頁。

——『雪白姫』柳瀬尚紀訳　白水社、一九八一年。

バルト、ロラン「作者の死」花輪光訳『物語の構造分析』みすず書房、一九七九年、七九–八九頁。

ピンチョン、トマス『競売ナンバー49の叫び』佐藤良明訳　新潮社、二〇一一年。

——『重力の虹（上）（下）』佐藤良明訳　新潮社、二〇一四年。

——『スロー・ラーナー』佐藤良明訳　新潮社、二〇一〇年。

——『V.（下）』小山太一、佐藤良明訳　新潮社、二〇一一年。

フェダマン、レイモンド『嫌ならやめとけ——立つか坐るかして声を出して読まれるべき誇張されたまた聞きの物語』今村楯夫訳　水声社、一九九九年。

ホフスタッター、ダグラス『ゲーデル、エッシャー、バッハ　あるいは不思議の環』野崎昭弘、はやし・はじめ、柳瀬尚紀訳　白揚社、一九八五年。

ボルヘス、J・L『続審問』中村健二訳　岩波文庫、二〇一九年。

——『伝記集』鼓直訳　岩波文庫、二〇二三年。

メルヴィル、ハーマン『白鯨——モービィ・ディック（上）』千石英世訳　講談社、二〇〇〇年。

ル＝グィン、アーシュラ・K『風の十二方位』小尾芙佐他訳　早川書房、一九八〇年。

——『闇の左手』小尾芙佐訳　早川書房、一九七七年。

——『世界の果てでダンス——ル＝グウィン評論集』篠目清美訳　白水社、一九九七年。

安田均「解説」ル＝グィン『風の十二方位』五〇七–一六頁。

◉サ行

◉タ行

◉ナ行

◉ハ行

◉マ行

◉ヤ行

◉ラ行

◉ワ行

索引

おもな人名、作品を五十音順に記した。
作品は作家ごとにまとめてある。

【著者】

麻生享志
（あそう　たかし）

現代アメリカ文化・文学
早稲田大学国際学術院教授、
早稲田大学国際文学館（村上春樹ライブラリー）館長
ニューヨーク州立大学バッファロー校大学院比較文学研究科博士課程修了（Ph.D）

主要業績『ポストモダンとアメリカ文化——文化の翻訳に向けて』（単著、彩流社、2011年）、「『ミス・サイゴン』の世界 —— 戦禍のベトナムをくぐり抜けて』（単著、小鳥遊書房、2020年／増補改訂版、2022年）、『「リトルサイゴン」—— ベトナム系アメリカ文化の現在』（単著、彩流社、2020年）

ポストモダンの語《かた》りかた

一九六〇年代《せんきゅうひゃくろくじゅうねんだい》アメリカ文学《ぶんがく》を読《よ》む

2024 年 6 月 10 日　第 1 刷発行

【著者】
麻生享志

発行者 : 高梨 治
発行所 : 株式会社**小鳥遊《たかなし》書房**
〒 102-0071　東京都千代田区富士見 1-7-6-5F
電話 03（6265）4910（代表）／FAX　03（6265）4902
https://www.tkns-shobou.co.jp
info@tkns-shobou.co.jp

装幀　宮原雄太（ミヤハラデザイン）
印刷　モリモト印刷株式会社
製本　株式会社村上製本所

ISBN978-4-86780-049-2　C0098